田牧大和

かっぱ先生ないしょ話

お江戸手習塾控帳

実業之日本社

実業之日本社文庫

かっぱ先生ないしょ話　お江戸手習塾控帳

もくじ

かっぱ先生ないしょ話

――お江戸手習塾控帳――

はじまり——かっぱの川太郎

「かっぱ先生、かっぱのお話、して」

診療所の広縁に、子供達が集まっている。歳の頃は、上は十や十一、下は四歳《よっつ》ほどの子供達だ。

医者は、子供達に笑い掛けた。

「さて、何の話がいいでしょうね」

ひとりの子供が、身を乗り出した。

「かわたろうさんのおはなしがいいっ」

次々に、子供が口を開いた。

「うん。かっぱの川太郎さん」

「堀をつくったんでしょう」

「かっぱが、手伝ってくれたんだよね」

「かわたろうさんとかっぱが堀をつくってくれたから、雨がたくさん降っても、みんなこまらなくなったんだ」

医者は、先を争って川太郎について語る子供達の輝いた顔を、しげしげと眺めた。

「みんな、川太郎さんの話が、好きですね」

うん、と、朗らかな声が揃う。

嬉しそうな子供達につられたのか、風が「枝垂《しだ》れの大桜」の枝を揺らして、過ぎて行った。花が咲けば、薄紅色をふわふわと纏《まと》って揺れる枝を、子供達が大喜びで追いかけるだろう。

浅い春の午《ひる》過ぎ、風はまだ冷たいが、子供達は今日も元気いっぱいだ。

この診療所に通ってくるよく知った子供に交じって、見覚えのない顔がある。

その子供は、頭の天辺《てっぺん》——丁度、河童《かっぱ》が頭に頂く皿の辺りだ——を、両手で隠していた。可笑《おか》しな様子の見知らぬ子供を、他の子達は誰も気にかけていない。

診療所の白い雌猫、優しいつきだけが、その子供を気遣うように、足許で丸まっている。

医者は、その子供に気づいていない振りをした。

きっと、東の堀か、墨田川《すみだ》から遊びに来たのだろう。この診療所では、よくあることだ。

医者は、一番幼い女の子を抱き上げ、膝に乗せてから、語り始めた。

「昔、昔、ではない、ちょっとだけ前の話。大きな合羽屋《かっぱ》をしていた喜八《きはち》さんは、合羽川太郎と呼ばれていました。川太郎さんは、大好きな自分の町が、雨が降るたび水浸しになることを、とても悲しんでいました――」

一話――笑わない文月

寛永寺《かんえいじ》の南、仁王門前町《におうもんぜんまち》にある小さな口入屋から、若い娘が出てきた。

歳は十七。大人しそうな顔立ち、大人しそうな佇まいで、目立たない、ありふれた娘だ。いや、むしろ、行きかう人々の目に見事な程留まらない「目立たなさっぷり」は、少しばかり珍しいかもしれない。

中には、その姿自体目に入っていないのか、すれ違いざまぶつかりそうになる人もいて、娘がさりげなく自分から避けている。

娘の名は、文月《ふづき》。淡々として見えるが、実は相当困っている。

――差配《さはい》さんも、酷いよねぇ。おくめさん喪《な》くしたばっかりの、文月ちゃんに出て行け、なんてさあ。

しかたないんです。店賃《たなちん》が払えないんですから。

――可哀想にね。辛《つら》いだろう。

大丈夫。いつかひとりぼっちになることは、分かっていました。

――これから、どうするんだい。

とりあえず、働き口を探すつもりです。

――どこか、住むあてはあるのかい。

なんとかなります。ご心配なく。

――けど、若い娘がさぁ。寝泊まりするところもないなんて。

あのくそ差配、血も涙もないねぇ。

――せめて、家移り先がみつかるまで、置いてあげたっていいのに。

差配さんが仰《おつしや》った日限までに、新しい家移り先を見つけられなかったので、仕方ありません。今日まで置いていただいただけで、充分です。

――でもねぇ。

皆さん、お世話になりました。

今朝がた、住み慣れた長屋で交わした店子《たなこ》仲間との遣り取りを、文月は思い出していた。

僅かな着物と、たったひとりの身内であった祖母、おくめの位牌と、おくめが大切にしていた、古ぼけた櫛《くし》を風呂敷に包み、長屋から出た文月の背中を、聞こえよがしの陰口が追いかけてきた。

――仕舞いまで、愛想の欠片《かけら》もなかったね。

――全くだよ。なんて可愛げのない。

――あれじゃあ、働き口も家移り先も、見つからないだろうね。

――ただでさえ地味な器量なのに、にこりともしないんじゃあ、差配さんが追い出したくなったのも、無理はないよ。

――礼言われても、有難がられてる気がしないもんね。

――そうそう、かえって、こっちが小馬鹿にされてる気がするんだよ。

――ああいう娘は、助けてやるだけ損、ってもんさ。

嫌な思いをさせて、すみません。小母《おば》さん方。

立ち止まることもなく、振り返らず、ただ心の中で、長屋の店子仲間だった女房達に詫びたことを思い返した時、誰かに後ろから手首を強く捕えられ、文月は仰天した。

心の中だけで。

振り返ると、袖口の擦り切れた小袖、くたびれた袴を纏《まと》い、浪人銀杏《いちょう》に髪を整えた侍が、にこにこと人好きのする笑みを湛《たた》え、文月を見ていた。歳の頃は、三十より二つ、三つ、手前というところか。身なりや髪の形からして、浪人だろう。顔つきは柔和だが、すらりと背の高い体軀《たいく》、袖から覗《のぞ》く引き締まった腕、それに文月の手首を捕えた掌《てのひら》は、ごつごつと固い。力仕事を生業《なりわい》としているのか、それとも、剣術の鍛錬を怠っていないのだろうか。

文月は目の端で、浪人の腰にある刀を見遣った。長屋にいた御浪人さんは、刀を質入れして竹光《たけみつ》差してたけれど、きっとこれは、本物よね。

文月は訊いてみた。

「御用でしょうか」

侍は、目を丸くしてしげしげと文月の顔を見つめた。文月の左手首を摑《つか》んだままだ。

「お主、肝《はら》が据わっておるな。普通、若い娘は見ず知らずの男に手を取られたら、叫ぶなり気を失うなり、するのではないか」

だって、叫んだら斬られるかもしれないじゃあ、ありませんか。

文月は、心の中で言い返した。

「気を失う」というのも、随分大袈裟《おおげさ》だ。まあ、見ず知らずの浪人にいきなり手を摑まれたら、多かれ少なかれ、怖がることは確かだろうが。

浪人は、感心したように続ける。

「お主は怯《おび》えることもせん」

怯えてますよ、十分。

やはり、口には出さず浪人に応じながら、文月は周りへ視線を送った。

どう見られているのか。まあ、今までのように、誰も助けてはくれないだろうけれど。

案の定、通りがかった人々は、町娘と、その手を捕えた浪人をちらりと見遣るものの、さして気にする様子もなく行きすぎていく。

それは、文月が目立たないからか、それともこの浪人が、にこにこと人好きのする笑みを湛えていて、悪い奴には見えないからか。

　この浪人さんに加勢されるよりは、ましね。

　早鐘を打ち始めた心の臓を宥《なだ》め、文月は浪人に頼んでみた。

「すみません、手を離して頂けませんか、お武家様」

　浪人は、にかっと笑みを深めた。文月には少しばかり眩しすぎる笑みだ。

　きっと、気ままな浪人暮らしが性に合っていて、苦労を苦労とも思っていないか、本当に苦労をしていないのだろう。

「花房右近《はなぶさうこん》」

「はい」

　文月は、訊き返した。

　浪人――花房右近が、繰り返す。

「花房右近。俺の名だ。覚えたか」

「え、ええ。まあ」

「お主の名は」

　文月が黙っていると、重ねて「名は、何という」と、訊かれた。

「文月と申します」

仕方なし、答える。手を捕えられたままでは、そうするしかないだろう。

「よし、では文月。参ろうか」

「どちらへ、でございます。お武家様」

「花房右近だ。右近でいい。浪々の身だ」

ええ、そうでしょうとも。

思わず口走りそうになった言葉を、文月は呑み込んだ。

「では、右近様。どこへ行かれるのです。なぜ、私がご一緒するのでしょう」

右近は、少し屈《かが》んで、目の高さを文月に合わせた。

「働き口を、探しておるのだろう」

「どうして、それを」

「その先の口入屋から出て来るのを、見ておった。丁度良い相手が出て来るのを、待っておったのだ」

右近が言った通り、今文月が一番欲しいのは、働き口だ。

文月の財布には、辻蕎麦《つじそば》一杯ほどの銭しか残っていない。

身体を悪くした祖母、おくめの薬代がかかって満足な蓄えはなく、それも、おくめの弔いと、今日までの長屋の店賃で消えた。

住まいも働き口も今すぐ欲しいのはやまやまだが、塒《ねぐら》なら、どこぞの寺の軒下を借りればいい。夜はまだ冷えるが、住んでいた長屋も隙間風が景気よく吹き込む、安普請だった。幾日かはどうにかしのげるだろう。

だが働かなければ、明日の食べ物もおぼつかない。

それに、働き口が見つかれば、雇い主がどこぞの長屋へ口を利いてくれるかもしれない。

伝手《つて》も身寄りもない十七の娘ひとりに、部屋を貸してくれる奇特な家主、差配など、そうはいない。

今日を、明日を、無事に過ごすには、まず働くことだ。

文月は十二の頃から働いてきた。

五年前、老いたおくめが寝付いてからずっと、針仕事で二人の暮らしを支えてきた。おくめゆずりの針仕事は、腕がいいと言って貰え、仕事には困らなかった。

長屋を出されては、今まで通りの仕事は叶わないが、それでも針仕事が得手だと言えば、きっと働かせてくれるところはあると、文月は思っていた。

けれど、口入屋にあったのは、女中奉公や下働きの口ばかり。針仕事は、出来ればそれに越したことはないが、まず、掃除に洗濯だ。勿論、文月は「それもやれます」と訴えたが、女中として働いたことがないなら、どこも難しいと、断られてしまったのだ。

出てきたばかりの口入屋を、右近の肩越しに見やりながら、文月は溜息を吐《つ》いた。

「お武家様が仰るように――」

「右近だ」

「右近様。私は、いまあの口入屋から出てきたばかりなのですが」

「それで、働き口は見つかったのか」

「いいえ」

「そうだろうとも」

私、そんなに何もできないように見えるのかしら。

唇を噛《か》んだ文月の手を、右近が強く引いた。

「では、行くぞ」

そのままぐいぐいと、文月を引きずるようにして口入屋へ向かう。

「あの、右近様。ですから、私には働き口がない、と言われたばかり――」

「何、心配するな。俺がついていれば大丈夫。すぐに見つかる」

このひと、かなりせっかちだわ。

溜息を吐く暇もなく、あっという間に、口入屋の前まで来てしまった。

ああ、往生際が悪いと思われる。

文月は、良くも悪くも目立ちたくない。目立たないためのこつも、色々身につけてきた。

なのに、これでは悪目立ちだ。

思わず足を止めると、右近も立ち止まった。

「少し、お待ちを。どういうことなのか、お教えください」

顔を覗き込まれ、文月は後ずさった。右近が声を潜めて、文月に向かって囁《ささや》く。

「暫《しばら》く、俺に話を合わせてくれ」

駄目だ。まったく、話を聞いてくれない。

どうして、自分はこういう妙な人に絡まれてばかりなのだろう。

半ば諦めの心地で、文月は右近に連れられて、先刻出てきたばかりの口入屋へ再び足を踏み入れた。

口入屋は、働き口を求める客でごった返している。

その働き口、俺に寄こせ。

いいや、こっちが先だ。

もそっと、給金のよい口はないのか。

町人、浪人入り交じる、賑やかな客の頭越しに、右近は若い手代に向かって声を掛けた。

「おおい、邪魔をするぞ」

手代が、右近を認め、楽し気に笑った。

文月は、少し右近を羨《うらや》ましく思った。

ねぇ、ばあちゃん。こんな風に、声を掛けただけで笑って貰えたら、ばあちゃんのいない日々も、少しは楽しくなるかしら。

手代が右近に応じる。

「おや、花房の旦那、またいらしたんですか」

右近は、人をかき分け、文月を引っ張って手代の前まで進み、にかっと笑って胸を張った。

「おお、いらしたとも。あの働き口、まだ決まっておらぬのだろう」

手代は、困ったように笑った。

「ええ、まあ、そうなんですが」

応じてから、手代が慌てた様子で言い募る。

「幾度いらしても、無理ですよ。住み込みの夫婦者《めおともの》でなければだめだ、と、雇い主から言われてるんですから」

それから、声を潜めて「桑原《くわばら》、桑原。約束を破って、河童に祟《たた》られちゃあたまらない」と呟いた。

河童って、何。一体、何の仕事。

文月は、正直逃げ出したくなったが、その場に留まった。「留まった」というよりは、相変わらず右近に手首を摑まれていて、叶わなかったのだ。

それに、今は働き口の選り好みなぞしてはいられない。住み込みならば、なおのことだ。

誰かに付きまとわれて、難癖を付けられたり怪我をさせられたりするよりは、多分河童のほうが、ましだろう。会ったことはないけれど。

河童が悪さをするのは、もっぱら棲《す》んでいる水辺だという。なら、水辺に気を付けていれば、大丈夫。

自分に言い聞かせていると、手代の視線が文月へ向いた。

「ええと、こちらの娘さんは」

ついさっき、文月が遣り取りをした手代は、別の客の相手をしている。

とりあえず、また来たのか、と思われずには済みそうだ。

文月は、黙って頭を下げた。

手代が、つられたように頭を下げたところで、右近が飛び切り明るく言い放った。

「俺の許婚《いいなずけ》だ」

初めて、聞いた。

こっそり、胸の裡《うち》でぼやいてみる。

手代が、「えぇぇ」と頓狂《とんきょう》な声を上げた。

客や奉公人が、一斉に黙ってこちらを見たものの、すぐに自分達の遣り取りに戻って行った。

手代は、ちょっと首を竦《すく》めると、右近と文月を、しげしげと眺めまわした。

明らかに疑っている目だ。

「本当に」

「おお」

「旦那が、こんな器量よしの娘さんと」

あからさまなお世辞を言っても、文月が愛想笑いのひとつもしないと分かると、微《かす》かにばつが悪そうに視線を逸らした。

「その辺りでたまたま行き合った娘さんを、無理矢理引っ張ってきたんじゃあ、ないんですか」

大当たりです、手代さん。

手代の鋭さに、文月は内心で舌を巻いた。

右近は、涼しい顔で惚《とぼ》けている。

「そんな訳はなかろう。なあ、文月」

「はい」と、返事をする。働き口と、住まいの為だ。

手代は、まだ疑わし気に右近を見ている。

「随分、急な話でございますねぇ」

「男女の仲とは、そういうものだ」

「でも、町場の娘さんでしょう。旦那はお武家様だ」

やはり、気になるだろうと、文月は大きく頷きかけた。

身なりを見れば、文月が嫁入り前ではあるものの、町人だと分かる。

浪々の身でも、武士が町人の女子《おなご》を娶《めと》るには、どちらかが、どちらかの身分に合わせなければならない。

武士が刀を捨てて町人となるか、町人の娘が、武家の養女になるかだ。嘘八百とはいえ、武士が刀を捨てるとは、そうそう口にもできないだろう。

かといって、その日暮らしの浪人が、町人の娘をわざわざ養女にしてまで嫁に取るなぞ、果たして信じて貰えるかどうか。

ところが右近は、明るい声であっさり告げた。

「元々、町場で暮らしているのだ。俺が町人になるさ」

文月は驚いて、右近を見た。

手代は、文月よりも仰天したようだ。

眼を丸くして、改めて目の前の「許婚同士」を見比べている。

言葉が出ない様子の手代に、右近はずい、と近づいた。

「近いうちに所帯を持つのだ。夫婦者と言って、不都合はあるまい」

「はあ」

歯切れの悪い返事をしながら、右近を見、また文月を見る、を繰り返す。

右近が声を潜めて、畳みかけた。

「何しろ、可笑しな噂のある診療所だ。給金もいいのにいまだに働き手が見つからぬ。皆気味悪がっておるのだろう。今、俺達を袖にしたら、働き手はもう見つからぬのではないのか」

「そ、そりゃあ」

手代が口ごもる。どうやら痛いところを突かれたらしい。

一体どんな働き口なのだろう。

据えた筈《はず》の肝に、ぼんやりとした迷いが過《よぎ》る。

右近と手代の遣り取りからでは、「河童が祟る診療所」としか分からない。そもそも、河童が「祟る」という話は聞いたことがない。出逢うと尻子玉《しりこだま》を抜かれて泳げなくなる、だの、川に引きずり込まれる、だのという話は、よく耳にするけれど――。

文月を置き去りにして、右近は更に話を進めた。

「あまり、ぐずぐずしていると、本当に河童が祟りに来るぞ」

手代が、ごくりと生唾を呑み込んだ。

寛永寺の東は、河童にまつわる言い伝えや噂話が多い。河童の怒りを買いたくないと真剣に考える人も少なくない。

「少々お待ちを」

言い置いて、手代が立ち上がった。

帳場格子の内で、客と手代に目を光らせている男――多分番頭だろう――の側へ行き、何やら遣り取りを交わしていたが、すぐに戻ってきた。

「只今、お二人の請状《うけじょう》をおつくりします」

右近が、にかっと笑った。

「そうこなくてはな」

文月は、呆気《あっけ》に取られた。

ひょっとして、断られたばかりの口入屋で、働き口も住まいも、一気に見つかったってことかしら。

あまりに急な成り行きで、喜んでいいのか、怪しんでいいのか分からない。

戸惑っている間に、右近と手代がさっさと話を進め、請状が出来上がり、文月は再び右近に手首を取られ、口入屋の外へ出ていた。

「浪人にどこかへ連れていかれようとしている娘」を気にした、通りすがりの女の視線が痛くて、文月は顔を伏せた。

「あ、あの、右近様」

「よかったな、互いに働き口が見つかって」

「そうではなく」

「なんだ」

そんな遣り取りの間にも、右近の足は文月が小走りをしなければいけない速さで進み、手首は取られたままだ。

「あの、手を、放して下さいませんか」

ぴたりと、右近が足を止めた。

それから、繋がっている自分の手と文月の手首を、まじまじと眺める。

熱いものでも触れた時のように、右近が文月の手首を離した。

今更、右近が耳を赤く染めた。いきなり無遠慮に手首を摑んだ挙句、「肝が据わっておる」などと、言ったくせに。

あたふたと、早口でまくし立てる。

「す、すまん。いつまでも若い女子の手を取ったままでは、いかん。いかんな。あの手代とのやり取りにかまけ、すっかり忘れておった。気が急《せ》いていたとはいえ、本当にすまん」

文月は、小首を傾《かし》げて目の前の浪人を見た。

この人、せっかちなのか、それともそそっかしいのかしら。多分、両方ね。

小走りで弾んだ息を少し整え、文月は言った。

「それから、大変申し訳ないのですが、もう少しだけゆっくり歩いて頂けませんせんか」

「す、すまん」

右近が、また詫びた。

お武家様らしくない、お人。

文月は、呆れ交じりに心の中で呟《つぶや》いた。

ずっと摑まれていた左手首を、軽く右手で押さえると、右近が更に狼狽《うろた》えた。

「す、すまん。痛めてしまったか」

「いえ。大丈夫です」

「そうか」

ほっとした様子の右近に、文月は訊いてみた。

「どこへ向かっておいでなのか、どんな働き口なのかだけ、教えては頂けませんか」

右近が、目を丸くした。

「俺は、伝えてなかったか」

軽く、眩暈《めまい》がした。

この浪人について行って、大丈夫だろうか。

すまん、と、右近がまた詫びた。先刻から、右近は文月に詫びてばかりだ。

文月は、首を横へ振った。

「働き口を見つけて頂いたのは、有難いと思っています。明日の食べ物もままならないところでした」

右近が、顔を曇らせた。

「何があった」

しまった、と、思った。余計なことを、言ってしまった。

文月は、身の上話は嫌いだ。

憐《あわ》れまれるか、疎《うと》ましがられるかのどちらかだから。

そうして、陰で噂話の種にされるのだ。

文月は、軽く首を横へ振って告げた。

「大したことじゃありません」

じっと、右近が文月を見ている。

文月は、きゅっと、唇を噛んだ。

右近が、小さく息を吐いた。

「歩きながら、話そうか」

はい、と答えて、文月は右近の少し後ろをついて行った。

右近は、今度は文月の歩みに、足どりを合わせてくれていた。

話そう、と言った割に、右近からは何も聞いてこなかった。

なぜ、そんな気になったのかは分からなかった。

身の上話を語るのは、嫌いなのだ。

それでも、文月は自分から打ち明けた。

二親はいない。なぜいないのかは知らない。ずっと祖母が育ててくれた。その祖母を先日病で喪くした。祖母の薬代がかさんで店賃が払えなくなり、長屋を出た。

淡々と、語ったつもりだった。

それでも少し後ろから覗き見る右近の横顔は、辛そうだった。

「差配や店子仲間は、親身になってはくれなんだか」

「この通り、可愛げがないもので」

右近が、更に顔を歪めた。むっつりと、文月に言い返す。

「可愛げのない女子《おなご》が、胡散《うさん》臭い浪人に付き合ってくれるはずはなかろう」

胡散臭い、という身に覚えは、あるのね。

じわりと眼が潤んだことに、自分で驚いた。騒いだ心を宥めようと、心中でこっそり皮肉を言ってみる。

針仕事ではないことで文月を褒めてくれたのは、おくめだけだったから。

――ほら、文月。外でも、ばあちゃんにしてくれるように、そうやって笑って御覧な。笑えば、お前はそんなに可愛いんだから。

おくめの皺《しわ》深い笑顔と、穏やかな声を思い出し、文月は唇を噛んだ。

何があっても、泣かないし笑わない。そうやって、文月は厄介事を避けてきた。

孤児《みなしご》の文月は、幼い頃、よくいじめられた。

孤児になった経緯を祖母が語らなかったので、大人達にも意地の悪い噂を立てられた。

中には、「双子の片割れだったから、親に捨てられたのだ」などと言い出す大人もいた。

男と女の双子は、心中で命を絶った男女の生まれ変わりだと、忌み嫌われていることを知ったのは、つい二年ほど前のことだ。

いじめっ子のことや、大人の陰口が、病で寝ついたおくめの耳に入らなくなったことが、文月にとってせめてもの救いだった。

幼い頃、一度だけおくめに泣きついたことがあった。優しい、とても優しいおくめは、哀しそうな顔で笑って、文月を抱き締めた。

――そういう時はね、笑って辛抱するんだよ。こっちも怒ったら、向こうはもっと怒り返してくるだろう。それでまた、こっちも怒って。どうどう巡りだよ。誰かのとこで、その堂々巡りを止めないと、ね。酷いことを言われたら、にっこり笑ってやればいい。そうすれば、きっと仲良くなれる。

祖母の言葉を思い出し、文月は小さく溜息を吐いた。

でもね、ばあちゃん。言う通りにしたら、「しかめっ面文月が笑った。気味が悪い」って、からかわれちゃったのよ。

幼い文月は、祖母に泣きつくのはよそうと、決めた。

優しい祖母を心配させたくなかった。

文月は、外で笑うことも、泣くことも、止《や》めた。

辛さや悲しみ、喜び、楽しみ。心の動きを外に出すことも、やめた。

少なくとも、心が動いたことを相手に伝えなければ、いじめっ子は文月を構わなくなることが、多かったから。

意地悪な大人達の、意地悪な噂は止まなかったけれど、辛抱し易い話で止まっていたから。

例えば、愛想がない。例えば、可愛げがない。文月の性分に対する陰口に夢中で、「心中者の生まれ変わり」という噂は滅多に聞かなくなった。

だから文月はすっかり、笑わないことにも、泣かないことにも、慣れたはずだった。

なのに、先刻であったばかりの浪人に、少し優しい言葉を掛けられただけで、目が潤みそうになった自分に、文月は戸惑っていた。

ちょっと、目が染みただけだ。これくらいで心の動きが、漏れることなんて、ない。

「どうした」

気遣わし気に右近に問われ、慌てて話を戻した。

「これから伺う働き口は、どんなところなんでしょうか。私は何をすれば」

「おお、そうだった」

右近が、大きく頷いた。

「曹源寺《そうげんじ》の北、裏手にある、診療所だ」

なるほど、それで「河童」なのね、と合点がいく。

曹源寺は、西の寛永寺と東の浅草寺《せんそうじ》に挟まれた寺社地の北外れにある。その北は田畑が広がり、合間に点々と大名屋敷が散らばっている、静かな地だ。

こんな話を、文月も耳にしたことがある。

数年前、界隈《かいわい》の名士、合羽屋喜八という男が亡くなった。通り名を「合羽川太郎」と言った。

合羽屋喜八は、羽振りのいい合羽屋を営んでいたが、私財を投げうって、掘割の普請を手掛け、水はけが悪く大雨のたびに水浸しになっていた町を助けた。

掘割の普請は長い間難儀続きで、誰もがきっと無理だと考えていた。それが、ある日突然呪《まじな》いのようにするすると進みだし、あっという間に出来上がってしまったのだ。

きっと、見かねた河童が手伝ったのだと、まことしやかに囁かれている。

その喜八が葬られたのが、菩提寺である曹源寺だ。曹源寺には、喜八を悼む河童達が、今でも手を合わせに来ているとか、いないとか。

密かに、文月は首を傾げる。

合羽屋喜八や曹源寺にまつわる河童で、悪い話を聞いたことがない。

診療所に出る河童は、合羽屋喜八の河童とは、違う河童なのだろうか。

右近が話を続ける。

「主《あるじ》の医師が手習塾も営んでおってな。夫婦者の働き手を探していたのだ。診療所で暮らしながら――」

「あの」

文月は、そこでつい、右近を遮った。

「何だ」

「先刻、口入屋の手代さんの話で分かってはいましたけれど。私が長屋を追い出されていなかったら、どうするおつもりだったんです。家移りしろと仰るつもりだった、とか」

右近は、少し黙ってから訊き返した。

「初めに、俺は確かめなかったか」

やっぱり、ね。

文月は、口には出さず、ぼやいた。

「ええ、伺っていませんでした」

早くも、右近の慌て者振りに慣れてしまった心地の文月である。

右近が、ばつが悪そうに首の後ろを擦《さす》った。

「すまん。俺と夫婦者の振りが出来る年頃の女子が、肩を落として口入屋から出てきたというだけで、この娘を逃してはならぬ、と焦ってしまったのだ」

少し、文月は驚いた。肩を落としていたつもりはない。いつもの通り、どんな心の動きも外に出さず、振舞っていたはずなのに。

「お主が住まいを探しておって、よかった。いや、その、決して、お主が長屋を追い出されたことを、よかったと言ったのではないぞ」

この浪人、少し、いや、かなり人騒がせだけれど、悪い人ではないのだ。

最初《はじめ》に会った時は、いつも文月に絡んでくる、「厄介な人」に見えたのに。

文月は、一度俯《うつむ》いてから、話を戻した。

「ええ、分かっています。それで、何をすればいいのでしょう。働かせて頂くのは、診療所、それとも手習塾ですか」

「お、おお。俺は手習塾の師匠だ。文月は、診療所と手習塾の手伝いだ」

「そのお医者様は、なぜ、夫婦者をお望みなのでしょう」

「さあな。会ってみれば分かるだろう」

また、行き当たりばったりだ。

動き出す前に、ちょっとでも思案をなさってみたら、いいのに。

文月は、思案した。

こういうことを女子から切り出してははしたないと思われるかもしれない。だがきっと、右近はそこまで気を回していないだろう。

気は進まないが、あの、と切り出す。

「何だ」

「これから、右近様と私は、許婚同士の振りをするのですよね」

「おお。よろしく頼む」

「ゆくゆくは、祝言《しゅうげん》を挙げることになる」

右近が、軽く空を仰いだ。考えていなかった、という風情だ。

「それは、まあ、ゆくゆくは、ということで構わぬだろう」

我ながら、右近の行き当たりばったり振りに苛立《いらだ》たないのが、不思議だ。

文月は自分を褒めてから、更に訊いた。

「診療所のお医者様は、夫婦者が来ると思っていらっしゃる。ということは、部屋はきっとひとつなのでしょうね」

空へ向いていた顔を、文月から逸らすように、今度は横へ向ける。

「そそそ、それは、まだ祝言を挙げておらぬから、と言えばどうにかなろう。俺は納戸でも納屋でも、構わない」

それなら、私が納戸へ行きます。

そう言いかけて、止めた。少し考えて、

「そうですね」

とだけ、応じた。

もう、先行きのことは案じない方が、よさそうだ。この浪人が関わっていると、案じる種が多すぎて、心の臓が保《も》たない。

先が思いやられる。

文月は、出かかった溜息を、音もなく呑み込んだ。


これから、働くことになる——雇い主の眼鏡に適えば、の話だが——診療所を前に、文月は立ち止まった。

通ってきた細い道の南側、文月の背中には、ひっそりと木々に囲まれた曹源寺を始めとする寺々。長閑《のどか》な田畑の合間で、大名屋敷の壁が白く輝いている。

そして目の前にあるのは、曹源寺の敷地と同じほどの幅の、首を巡らせないと見渡せない生垣。

木戸のない入り口の先には、瓦《かわら》屋根を頂いた平屋が覗いている。

「部屋の心配は、しなくてもよさそうですね」

文月の呟きに、右近が小さく笑った。

「空いている部屋があるからと言って、主が奉公人に使わせるかどうかは、分からぬがな」

考えていたものとは違いすぎる、立派な診療所に、文月の足がすくんだ。

まだ、夜な夜な河童が出る、と言われた方が安心できそうだ。

「行くぞ」

笑いを含んだ右近の声に促され、文月はようやく足を動かした。

生垣の内側へ入ってまず目に入ったのが、左の畑だ。一番目立つのがきゅうりの苗。それから、薬草だろうか、見たことのない色々な草が、春の陽気に誘われたように小さな葉を並べている。

その傍らには、浴衣《ゆかた》や晒《さら》し、いかにも診療所らしい洗濯物が、そよ風に揺れていた。

診療所の立派さに気を取られていた文月の足に、柔らかなものが触れた。危うく声を上げそうになる。

見ると、頭から尾の先まで、全て真っ白な猫が、文月を見上げていた。

透き通った、水色の瞳が綺麗だ。

なーん。

猫が甘えるように鳴いて、文月の脹脛《ふくらはぎ》辺りに、額を擦りつけてきた。

しゃがんで抱き上げると、猫は嫌がりもせず、文月の腕に収まった。

ごろごろと、喉が上機嫌な音を立てている。

白猫の首の周りを掻《か》くようにしてやりながら、文月は改めて目の前の診療所を見遣る。

横に長い瓦葺《かわらぶき》の平屋だ。真ん中に設けられた土間が入り口。庭は、土間を境にして西は畑と洗濯物。東の隅にはこの診療所だけの井戸があって、文月は驚いた。武家の屋敷か大店《おおだな》のようだ。

井戸の前にある土間から野菜がこんもりと入れられた籠が覗いているから、あちらが勝手だろう。

診療所の大きさ、立派さに気を取られていて気づくのが遅れたが、右の隅、瓦屋根の向こうから、大きな枝垂れ桜が覗いている。

右近が猫へ手を伸ばして、白い頭をいささか乱暴にひと撫でするると、よく通る声で訪《おとな》いを告げた。

「口入屋より参った。涼水《りょうすい》先生は、おられるか」

ほどなくして、ぱたぱたと幼い足音が駆けてきた。平屋の東脇と生垣の間から、息を弾ませて飛び出してきたのは、七歳《ななつ》、八歳《やっつ》ほどの男の子だ。

眩《まぶ》しい笑顔が、文月と目が合うや、さっと消えた。

戸惑ったように視線をさ迷わせ、軽いしかめっ面で、右近に向かう。

ずきりと、胸の隅が鈍く痛んだ。

やはり自分は、どこへ行っても誰からも好かれることは、ないのだ。

男の子が、怒ったような声で告げた。

「かっぱ先生が、『ちょっと手が離せないので、北の庭へお回りください』だって。おいらが、案内します」

大人びた物言いに、右近が顔を綻《ほころ》ばせた。

「名は、何という」

「千吉《せんきち》」

「そうか。かっぱ先生の手伝い、偉いな」

褒められて、男の子――千吉がうっすらと頬を染めた。

文月は、そっと、ゆっくり、息を吐いた。

好かれないのは、慣れっこだ。今更、気に病むことではない。

そう考えると、いつもの「淡々とした自分」が戻ってきた。どうも、右近と出逢ってから、調子を崩しがちだ。

許してね、千吉ちゃん。気に食わない奴がここで働くことになるかもしれないけど。

文月は心の中だけで詫び、千吉の案内に応じた右近の後を追った。


平屋に沿って進み、「北の庭」へ出た途端、目の前が開けた。

粗く組まれた竹垣の向こうに、赤紫の蓮華草《げんげ》の波が広がっていた。

蓮華草は稲の肥やしとして田んぼに種を蒔《ま》き、育てるのだ。もう少ししたら花ごと掘り返し、夏の初めに水を張って稲を植え、蓮華草畑は田んぼに変わるだろう。

何より目を引いたのが、瓦屋根越しに見えていた、枝垂れ桜だ。

近くに寄ると、うんと見上げなければならないほど、大きい。ごつごつしているけれど、妙に味のある形の幹。すんなりと長く伸びた枝垂れの枝には、重そうな八重《やえ》の花が咲き揃っている。

町場に咲く山桜は、もう見頃を過ぎているから、遅咲きの桜だ。

竹垣の向こうで揺れる蓮華草の赤紫と枝垂れ桜の薄紅色が、滲《にじ》み、混じり合うように重なる。

「お気に召しましたか、娘さん」

しっとりと、深い声が聞こえた。

自分に話しかけているのだと気づくまで、少しだけ間が空いた。

はっとして、振り返る。

声の主は、縁側に腰かけ、子供達に囲まれていた。小さな女の子を膝の上に乗せている。

その男《ひと》は、とても美しかった。

艶のある黒髪は、首の後ろでゆるく纏められている。

切れ長の目、通った鼻筋、形のいい薄い唇は、枝垂れ桜と同じ、綺麗な桜色だ。

そしてどこまでも、白く肌理《きめ》の細かい肌。

女の人だったら、美人画になりそう。

文月は、なんとなくそんなことを考えていると、男が再び訊ねた。

「『枝垂れの大桜』と呼んでいます。お気に召したのなら、何より」

そこでようやく文月は、自分が枝垂れ桜のすぐ下まで、勝手に進んでいたことに気づいた。

「勝手に、申し訳ありません。あまり綺麗だったもので」

「いいえ。構いませんよ。『枝垂れの大桜』は、今が見頃ですから」

抱いていた猫が、文月の腕から音もなく飛び降り、美しい男の元へ走った。

男を取り囲んでいた子供達が、猫を迎えた。上は十歳ほど、一番歳下《した》の子は、多分男の膝の上に乗っている女の子で、四歳くらいだろう。

「つき」

「つき、お帰り」

「お客さんを、迎えにいってたんだ」

「えらいねぇ、つきは」

子供達に口々に話しかけられると、尾の先がちょこんと折れ曲がっている白い猫が、にゃーお、と上機嫌な声を上げた。

右近が、子供に訊いた。

「その猫、『つき』というのか」

敏《さと》い目をした女の子が、応じた。

「うん、そうだよ。そらの月とおんなじ色だからって、かっぱ先生が」

確かに、つきの白く滑らかな毛並みは、秋の明るい望月《もちづき》を思い出させる。

右近が、笑いながら文月を視線で指し、言った。

「この娘と、揃いの名だな」

ざっと、子供たちの目が、文月に向いた。

「姉ちゃん、つきって言うの」

文月より早く、右近が子供の問いに答えた。

「文月。ふみのつき、と書いて『ふづき』、というの」

わあ、と子供達が笑った。

「この姉ちゃん、猫と同じ名だって」

「つきと、お揃いだぁ」

これは、喜ばれているのだろうか。それともからかわれているのか。

小さな女の子が、縁側の男の膝から降り、文月に駆け寄ってきた。

小さな手が、文月の指に触れ、きゅっと握り、小さく引っ張った。

しゃがめって、ことかしら。

そう思って、文月は女の子の目の高さに合わせ、屈んでみた。

丸い瞳が、じっと文月を見ている。

泣かれたら、困るかも。

心配に思った時、女の子が、にこっと笑った。

「ふづきねぇちゃん、つきといっしょ」

嫌われてはいないようだ。

安堵《あんど》しながら、文月は答えた。

「そう。お揃いの名ね」

すると、女の子は、首をふるふると振った。握ったままの文月の指を、更にきゅっと握って言う。

「ふづきねぇちゃんの、手。つきの足のうらといっしょ。大福もちみたいで、柔らかくて、いい気持ち」

うふふ、と、女の子が笑った。

文月は、祖母を思い出した。

おくめも、手の甲は皺くちゃだったけれど、掌は柔らかくて、瑞々《みずみず》しかった。

いくら水仕事や針仕事をしても、祖母の優しさを映したように、柔らかなままだった。

わあ、っと、子供達が文月の側に寄ってきた。

「触らせて」

「おいらも、おいらも」

「こら、おのぶを押しのけるな」

一番年嵩《としかさ》らしい男の子が、文月の指を摑んでいた女の子を庇《かば》いながら、やんちゃな男の子を叱った。

順番だ、押すな、小さな子が先だ、と、文月が口を挟む間もなく、子供達が順繰りに文月の手を触ることが決まってしまっていた。

「ほんとだ。つきと一緒だぁ」

「柔らかい」

「えー。つきのが、ちょっとやわらかいよ」

「それに、つきのが冷たい」

子供達の手の方が、自分の手より余程柔らかくて、心地いい。

ふにふに、と、物珍しそうに手をそっと抓《つま》まれるのが、こそばゆいけれど。

小さな手、そろそろ大人になりかけている手、女の子の手、男の子の手。

それぞれ肌触りも力加減も違うけれど、文月の手を触るのに躊躇《ためら》いがなく、それでいて、そっと気遣うように触れて来るのは、同じだ。

邪気のない、朗らかな手。

もう、好きなようにしてくれ、と観念し、子供達にされるがままになっていると、右近の小さな笑い声が聞こえた。

どうせ、滑稽な眺めだと思ってるんでしょう。

「右近様、何ですか」

訊ねると、右近は楽し気な笑みを浮かべ、言った。

「ようやく、文月の笑顔を拝めたな。お主、笑っている方がいいぞ」

文月は暫く考えてから、問い返した。

「私、笑っていましたか」

右近が、残念そうな顔になった。

「良い笑みが消えてしまった。声を掛けるのではなかったな」

おくめの声が、文月の胸に蘇った。

――ほら、文月。笑って御覧。

いきなり、頰を、ぶに、と引っ張られて、文月は驚いた。

すぐ目の前に、やんちゃな男の子の顔があって、思わずのけ反る。

男の子は、ずい、と再び間合いを詰めてきた。

じっと、真剣な顔で文月を見つめ、声を潜めて告げる。

「ねぇちゃん、そんな怖い顔してると、かっぱに尻子玉抜かれるぞ」

子供たちが、わいわいと笑いだす。

「しりこまだ、ぬかれるぞー」

「そんなことしないよぅ。この手習塾に来るかっぱは、優しいかっぱばかりだもん」

「ねー、かっぱ先生」

子供達が、縁側の男を一斉に見た。

綺麗な顔は、穏やかな笑みの形に綻んでいた。

「さて、どうだろうね」

思わせぶりな言葉に、子供達が沸いた。

「かっぱ、怖い」

「こわいっ。あはは」

誰も、怖がっている様子はない。

縁側の男は、目を細めて大はしゃぎの子供達を眺めている。ふと、文月と目が合うと、男が話しかけてきた。

「すっかり、子供達に懐《なつ》かれましたね」

でも、千吉ちゃんはずっと顰《しか》め面です。

咄嗟《とっさ》にそう答えようとして、文月は口を噤《つぐ》んだ。

この庭まで案内してくれた千吉は、他の子供達から少し離れたところでぽつんとしていた。時折こちらの様子を覗《うかが》う素振りを見せるけれど、文月とは頑《かたく》なに目を合わせない。

でも、千吉が悪い訳ではないのだ。いつも、気配を消して、目立たぬように、人の癇《かん》に障らぬようにと気を付けていたのが、右近の屈託のなさに引きずられて、少し疎《おろそ》かになっていたのかもしれない。

じっと、縁側の男が文月を見つめている。穏やかな笑みはそのままだ。

なんだか、心の奥まで覗かれているよう。

「挨拶が遅れ申した」

縁側の男の視線を断ち切るように、右近が口を利いた。

ゆっくりと、縁側の男の目が右近へ向かう。

「某《それがし》は、花房右近。こちらは許婚の文月。仁王門前町の口入屋から参った。よろしくお頼み申す」

「許婚、ですか」

縁側の男は、右近の言葉を繰り返した。何か含みがありそうだ。

右近と縁側の男の間で、ぴんと張られた見えない糸なぞお構いなしに、子供達が割って入った。

「かっぱ先生。いいなずけって、何」

縁側の男が、笑みを深くして子供達に向かう。

「とっても仲のいい、友達ってことだね」

「へー。友達」

幼い子は目を丸くし、年嵩の子達は、意味ありげに、にやついている。

そして、文月はやはり「友達」という言い振りに引っかかった。

ひょっとして、もう、嘘を見抜かれてる、とか。

千吉が「かっぱ先生」と呼んでいたから、どんな好々爺《こうこうや》か、変わり者かと文月は考えていたけれど、こんな男だとは思いもしなかった。

美人画になりそうな見た目にも、穏やかな立ち居振る舞いにも、全く隙が無い。

年の頃も、よく分からない。

肌理の細かい肌は、十代だと言われても頷けるし、落ち着いた目の光は、三十をとうに過ぎているような気もする。

「かっぱ先生」という、愉快でほっこりした呼び名と、目の前の男が、文月の中で、どうしても結びつけられずにいる。

男——かっぱ先生が、右近に応じた。

「ここで診療所と手習塾を営んでおります、斎藤《さいとう》涼水です。花房様、請状はお持ちですか」

ああ、と懐《ふところ》へ手を遣った右近を、涼水がやんわりと目で止めた。

「中で話しましょう。金太《きんた》、ちょっとの間、子供達を頼めますか」

先刻、おのぶを庇った一番上の男の子が、

「はい、かっぱ先生」

と、いい返事をした。しっかりしているこの子は、金太というらしい。

子供達は、文月と遊びたいと駄々を捏《こ》ねたが——よほど、文月の手の触り心地がよかったのだろうか——、金太に言い含められ、名残惜しそうに文月へ手を振った。

手、振った方がいいかしら。

我ながら、随分とぎこちない動きだったが、子供達は嬉しそうに、大きく手を振り返してくれた。

ひとりしかめっ面を続けている千吉の足元には、白いつきが寄り添うように座っていた。

「行きましょう」

涼水に促され、右近と共に庭を縁側に沿って西へ向かう。縁側が一度切れたところに、木の引き戸があった。涼水が開けると、通り土間が真っ直ぐ伸びている。その先にも引き戸があって、きっと表の土間に続いているのだろう。

通り土間の両脇には、一段上がった縁側のような板の間が続いていて、どこからでも上がれるようになっている。

文月達が通り土間へ足を踏み入れると、涼水は引き戸を閉め、東の板の間に上がった。

細く長い指が障子を開け放つ。文月は、三度《みたび》驚いた。

広々とした板の間が、広がっていたのだ。

ほほう、と、右近が低く唸《うな》った。

「羽振りの良い道場並だな。手入れも行き届いている」

「こちらが、子供達が手習いをする部屋です。毎朝、子供達が一生懸命掃除をしてくれているので、綺麗でしょう。子供達に剣術を教えて貰っても、構いませんよ。文月さんさえよければ、女の子達に裁縫など教えてくれると、助かります」

涼水の話では、手習い部屋の廊下を挟んだ南は納戸になっていて、手習いにやってきた子供が、納戸に仕舞ってある文机や筆、墨、自分の手習いに入用なものを持ってきて、支度をするのだそうだ。

「広いですね」

文月が、手習い部屋を見回しながら呟くと、涼水が微笑んだ。

「手習いを始めるには、少々幼い子供達もいたでしょう。あの子達の遊び場にもなります。天気が良ければ、庭でつきと遊んでいることが多いですが」

涼水が、部屋の真ん中あたりに、流れるような動きで腰を下ろした。

右近が涼水の向かいに胡坐《あぐら》を搔いて座ったので、文月は、右近の斜め後ろで居住まいを正した。

「請状であったな」

右近が、懐から口入屋で貰った請状を取り出し、涼水に渡した。

涼水は、ゆっくりりと、伏し目がちに請状へ目を通している。

睫毛《まつげ》、随分長いのね。

文月は息を詰めながら、そんなことを考えた。

ここまでの話振りだと、働かせて貰えそうだけれど。

ふ、と涼水が息を吐き、請状を畳む。

「困りましたね。口入屋には、夫婦者を、と頼んでおいたのですが」

「文月は、俺の許婚だ。不都合はなかろう」

右近が涼やかに、言い返した。

ふいに、涼水が文月を見た。

「本当に」

心の襞《ひだ》の裏まで、ひっくり返されているような心地がする。

そっと顔を伏せて、「はい」と返事をする。

涼水は、暫く文月を見つめていたが、やがて苦々しい溜息を吐き、右近に向き直った。

「人のいい娘さんに、嘘を吐かせてはいけませんよ。花房様」

ぎくりと、心の臓が鈍い音を立てた。

右近が、刹那《せつな》厳しい目をして涼水を見たが、すぐにからりと笑った。

「やはり、見抜かれておったか」

「ええ。許婚にしては、お二人の仲は妙に堅苦しかった。御武家様同士や大店同士ならば、祝言まで顔を合わさないのが普通でしょうが、浪々の身の御武家様と町場育ちの娘さんの縁組なら、互いに好き合ったという他の経緯は考えにくい。少しばかり、筋立てに無理がありましたね」

右近が、首の後ろを軽く叩きながら、参った、参った、と明るく呟く。

「付け焼刃の芝居では、噂に高い『かっぱ診療所』の主は騙《だま》せぬな」

それまでの明るさを仕舞い、右近は面を改めた。

「無理を承知で、頼む。我らをここで働かせては貰えぬか」

文月は、そっと右近を見遣った。

どうして、右近はここで働きたいのだろう。

右近なら、用心棒でも剣術指南でも、いくらでも働き口はありそうなものなのに。

涼水は、黙したままだ。

右近が訊く。

「なぜ、夫婦者を求めておった」

涼水が、一度瞬きをして、口を開いた。

「この塾に通ってくる子は、大概が寺で育てられている、孤児《みなしご》です。他にも、近くの町場から幾人か来ますが、皆、片親であったり、二親を失くして縁者に引き取られた子だったり。そういう経緯の子は、なかなか手習塾には通いにくい。通えても、他の子に虐《いじ》められ、大人達の噂話に傷つく。子を学ばせるだけの銭を持たない家の子も、然り。そういう子達がのびのびと学び、遊べるように『かっぱ塾』を作りました」

一度、涼水は言葉を切って、ぴたりと閉めてある障子の向こう、子供達がいる庭の方へ視線を遣った。

障子越しに、子供達の賑やかな声が聞こえてくる。

「このところ、診療所の方が繁盛していましてね。人を頼まないと回らなくなってきたんです」

文月は、こっそり腹の中で呟いた。

お医者様が繁盛って、どうなのかしら。

涼水が、文月に向かって笑い掛けた。

「医は仁術なり。確かに娘さん、ああ、文月さんでしたね。あなたは正しい。でも、『仁』をもって接する相手は、選ばなければ」

文月は、戸惑った。

口にしなかった呟きを、見抜かれたことだけではない。涼水の思わせぶりな物言いが何を意味するのか、摑み切れなかったのだ。

涼水が、笑った。

妖《あや》しい笑みだった。

先刻までの、穏やかだけれど隙のない美しい町医者から、人ではないような何かに、入れ替わったようだ。

謡うように、涼水は言葉を重ねた。

「河童の皿。猫又の肝。千年生きた大がま蛙《がえる》の油。そんなものを大金を積んででも欲するような輩《やから》に、医者の『仁』なぞ、要らないということです」

文月は、首を傾げた。

「河童の皿や、猫又の肝、それから、千年生きた大がま蛙の油。何に効くんですか」

涼水が、目を瞠《みは》った。

黒い瞳が、濡れたように煌《きら》めいている。

ぷ、と、美貌の医者が噴き出した。

恐ろしい程に綺麗だけれど、紛れもない「人の医者」に、涼水はあっという間に戻った。

張り詰めていた気配が、ふ、と緩んだ。

涼水が、くつくつと、喉を鳴らし、楽しそうに笑う。

「文月さんは、大変、面白い娘さんだ。肝も据わっている。河童や猫又を裂いて薬を作っている医者を恐れない」

右近にも「肝が据わっておる」と言われたが、正直、あまり嬉しくはない。確かに、これからひとりで生きていかなければいけない文月にとって、入用な才ではあるけれど。

右近が、穏やかな声で確かめた。

「つまりは、こういうことか。怪しげな薬を金持ちに売りつけ、稼いだ金子《きんす》で、訳ありの手習塾を営んでいる」

涼水は、微笑んだ。また、妖しい色がその笑みから滲みだしている。

「診療所の方も、何かと入用なもので」

右近が、なるほど、と頷いた。

「手習塾だけではなく、診療所でも、訳ありの者を受け入れておる、という訳だな」

涼水は、笑うことで右近に応えた。

「話が逸れました。なぜ、夫婦者の働き手を探していたのか。それは、二親とはどういうものか、普通の夫婦とは、どういうものか。あの子達に見せてやりたかったのです」

「そういうことだったか」

しんみりとしてしまった右近に、涼水は軽く笑って見せた。

「親子の真似事をしていただこうというのでは、ないんですよ。夫婦者がどんな風か、親子の遣り取りがどんなものか、今の裡に見知っておけば、あの子達が世間に出た時に感じる戸惑いや悲しみ、痛み、そういったものが、少なくて済むでしょう。周りに馴染む手助けにもなるやもしれない」

そうか、と右近が頷いた。涼水は、困ったように笑って文月を見た。

「理由《わけ》は、もうひとつ。子供達の為にも、患者の為にも、女手が欲しかったのだけれど、ここは色々可笑しな噂がありますから、嫁入り前の若い娘さんを働かせるのは忍びない。噂の種にさせては気の毒です」

可笑しな噂って、何だろう。

「可笑しな噂が、気になりますか」

すかさず涼水に問われ、文月は答えた。

「気にはなります。けれど、こちらで働かせて頂けるかどうかの方が、私には大切です」

そう、何しろ今日からのごはんと、住まいが懸かっている。

右近が、口を挟んだ。

「気になるのなら、訊いておいた方がいいぞ。先延ばしにするほど、訊きにくくなる」

知らない方が幸せ、ということもあるのじゃないかしら。

文月は思ったが、口には出さなかった。

かっぱが怖いかと、よくよく自分に問いかけてみると、そんなに怖いものではないような気がしてくるし、怖がるのは、本当に出逢ってからでも遅くはないだろう。

「では、伺わせてください」

涼水が、楽し気に笑った。

「本当に、肝の据わった娘さんだ。何、大した噂ではありません。『かっぱ診療所』には河童が傷や病を治しに来る。河童が診療所を手伝っている。『かっぱ塾』には、河童が手習いにくる。共に学ばせると、子供の頭に皿ができる」

ぷ、と、右近が笑った。

なるほど、それで「かっぱ先生」なのね。文月は小さく頷いた。

涼水は淡々と続けた。

「畑できゅうりを山ほど育てているのは、河童への礼にしているのだ。怒らせると、尻子玉を抜かれたり、墨田川に引きずり込まれるから」

「河童に出逢った時は、怒らせないようにすればいいんですね。自信はありませんが、気を付けます」

涼水が、軽く目を瞠ってから、笑いが色濃く滲んだ声で続けた。

「本当に、大丈夫ですか。ここで働くと、嫁入り先に困るかもしれませんよ」

右近が、再び口を挟んだ。

「それは、河童のせいではなく、お主の麗しい見た目のせいではないのか」

右近の口ぶりは軽口めいていたが、涼水は、少し寂しそうに微笑むのみで、何も言わない。

文月は、迷わず答えた。

「構いません。自分の噂に関しては、慣れていますから」

右近が、文月を見遣った。

「お主も、噂持ちか」

文月は、二親がいないこと、なぜ二親がいないのか、育ててくれた祖母が、文月にも周りにも言わなかったために、様々な憶測を呼んで、噂になったことを伝えた。

「私自身も、こんな風ですので、色々言われることも多いですし」

「色々、とは」

文月は、ちらりと右近を見遣った。

分別のある大人は、そこまで話を掘り下げない。

文月の代わりに、涼水が答えた。

「愛想がない、可愛げがない、何を考えているのか分からない、ですか」

「おい」と、右近が涼水を窘《たしな》める。

けれどその通りなので、文月は頷いた。

「ええ。その通りです。ここの子供にも、早速嫌われてしまいました」

右近が首を傾げながら言った。

「あの千吉という男子《おのこ》か」

文月は、溜息を呑み込んだ。

千吉が叱られたりしないように、敢えて名は出さなかったのに。

右近が続ける。

「あれは恐らく、嫌っているのではないと思うがな」

再び、文月は苦い吐息を堪《こら》えた。千吉は明らかに文月のことを嫌っていた。巧《うま》くない慰めだ。

「よし、分かった」

右近が、出し抜けに言った。

何が、「分かった」のだろう。

文月は右近を見た。涼水も朗らかな浪人に視線を向けている。

「夫婦者が入用な理由《わけ》は、承知した。子供達の為というなら、無理は言えぬ。俺は諦めよう。ただ、文月は働かせてやってくれぬか。ただひとりの身寄りを喪《うしな》って間もない、寄る辺のない若い娘だ。縫物が得手だそうだし、この通り、肝も据わっている。涼水殿は金子に困っておられぬ様子、ここも広い。夫婦者に加えてひとりくらい、どうということはないだろう」

「ちょっと、待ってください」

文月は、ようやく右近の立て板に水の物言いに口を挟んだ。

「右近様は、こちらの手習塾でお働きになりたい理由《わけ》が、おありなのではありませんか」

「いや、俺は――」

「だって、口入屋の前でずっと、『夫婦者』の振りが出来る女子を待っておいでだったのでしょう。それほどこちらで働くことをお望みなのでは」

「それは、その」

涼水が静かに切り出した。

「御子息、小太郎《こたろう》様の喘息《ぜんそく》が、重くなった。違いますか」

右近が、束の間面を厳しく引き締めたが、すぐにほろ苦い笑みに変えた。

「涼水殿は、覚えておったか」

「それは、覚えておりますよ。派手な喧嘩《けんか》をしましたから。他所の町医者では、小太郎様をお楽にして差し上げられませんでしたか。それとも、金子が足りませんでしたか」

右近の笑みは、どこか苦し気だ。

涼水が、にっこりと微笑んだ。文月は感じた。

怒っている。この微笑は酷く恐ろしい。

ごく穏やかに、「かっぱ先生」は言い放った。

「下らぬ見栄なぞ、お張りになるからです」

「すまん」

いささか無礼な涼水に対し、武士の右近が素直に詫びている。つくづく、右近はいいひとなのだ。気短で、おおざっぱなところはあるけれど。

涼水は、変わらぬ穏やかさ、変わらぬ怒りの気配を纏ったまま、続けた。

「私は、金がないせいで医者にかかれず、薬も呑めない、そんな病人怪我人を、助けるためにこの診療所を開いているのです。町人だろうがお侍様だろうが、それは変わらない。そう申し上げたのに、右近様はお侍様の体面を気にされ、お怒りになられた。腹を立てたのはこちらの方です。病でお辛いのは貴方様ではない。小太郎様だったのに」

「すまん」

右近が、辛そうに顔を歪め、また詫びた。

それから、右近はかいつまんで経緯を文月に話してくれた。

＊

右近には八歳の息子、小太郎がいる。妻は四年前に急な病でこの世を去った。以来、右近が男手ひとつで、身体の弱い一人息子を育ててきた。

小太郎が喘息を患ったのは、二年ほど前だ。

右近は、小太郎の病を軽く見ていた。

自分は風邪ひとつ引いたことがなく、小太郎の辛さが分からなかったのだ。

小太郎が、父に心配を掛けまいと、辛抱していたこともある。

一年前の今頃、暖かくなりかけた矢先、急に雪が降るほど冷え込んだ夜に、小太郎は大きな喘息の発作を起こした。

息が出来ず、食べたものを、戻してしまった。

夜中、幾人もの町医者に断られ続け、ようやくたどり着いたのが、涼水の元だったという訳だ。

小太郎は危うく命を落とすところだったと、右近は涼水に叱られた。

喘息を甘く見てはいけない。喘息の酷い咳が原因《もと》で戻してしまうことは、よくある。戻した食べ物を喉に詰まらせたら、発作の最中《さなか》で息さえままならない患者には、喉に詰まったものを吐き出すことは酷く難しい、と。

涼水の治療と薬、静かで掃除の行き届いたこの診療所のお蔭で、小太郎の喘息は見る間に軽くなった。喘息には、埃《ほこり》は禁物なのだ。

涼水と右近が「大喧嘩」をしたのは、治療代のことだ。

涼水は、自分に払う金子があるのなら、その分卵でも買って、小太郎に力を付けさせてやれ、と受け取らない。一方の右近は、小太郎は武士の子、施しは受けない。刀を売ってでも金子を工面すると、言い張る。

そうして、まだ治りきらない小太郎を連れ、涼水が止めるのも聞かず、右近は「かっぱ診療所」を出た。

喘息は、治すのに根気と時が要る。埃まみれの貧乏長屋へ戻ったのが災いしたのか、この正月に、小太郎の病はぶり返してしまった。

今度も、小太郎が念入りに自らの病を隠したため、右近は息子の病に気づくのが遅れた。

右近は、涼水に頭を下げて、すぐに「かっぱ診療所」へ息子を連れて行こうとしたが、小太郎自身が、それを止めた。

相手は、一度物別れとなった町人だ。父に頭を下げさせる訳にはいかない、と。

そこで、まず小太郎自身を得心させるために、右近は何とかして「かっぱ診療所」で雇われようとした。

父の働き先が「かっぱ診療所」となれば、優し気な癖に言い出したら聞かない頑固者の息子も、折れてくれるだろう。

「かっぱ診療所」が、手習い師匠を探していたのは、僥倖《ぎょうこう》だった。

＊

右近の話を聞いた文月の胸中には、腑に落ちない思いが渦を巻いていた。

出逢ってまだ半日と経っていない。それでも、半年前の仕様は、右近らしくないと感じる。

この浪人は、病の息子よりも武士の体面を重んじる男なのだろうか。

勿論、武士とはそういうものだ。

けれど右近は、きっと違う。

今度のことも、そうだ。

いざとなったら、有無を言わさず息子を抱えて、診療所に駆け込みそうなものなのに。

涼水が手習いの師匠を探していたというのも、なんだか都合が良すぎる気がする。

けれど、今はそれどころではない。

文月は考えた。

今この刹那も、きっと小太郎は苦しい息を堪えているはずだ。

文月は切り出した。

「そういう経緯でしたら、私なんかに譲ってはいけません。私は、働かせていただけるのなら、どこでも構わないんですから」

右近が、首を振った。

「お主こそ、情けない俺のような者に大切な働き口を差し出すことはない。俺も小太郎も、どうとでもなるが、文月はそうはいくまい」

「いえ、小太郎様にこちらで療養していただくことが、何より大事です」

「何を言う――」

「お二人とも」

涼水が、呆れた様子で文月と右近の言い合いに割って入った。

「私は、どちらかひとりに働いて頂くとは、言っておりませんよ」

それは、どういう意味だろう。

文月は右近と顔を見合わせた。

二人とも雇わない、ということなのだろうか。

「右近様。貴方様も、懲りないお方ですね」

涼水の言葉に、右近が気落ちした顔になった。

「やはり、厚顔無恥にもほどがあったな。あれほど不義理をしたのに、またこうしてお主を頼ろうとした」

「それは構いませんよ。私が案じていたのは貴方様ではなく、小太郎様ですから」

「あわよくば、お主は俺を覚えておらぬかとも、思った。忙しい診療所だからな」

「私は、一度診た患者とその身内を忘れたりはしません」

「覚えておらねば、なんとか誤魔化《ごまか》せるかと偽りを申した。それも姑息であった」

「ですから、右近様」

力を込めた言葉で、涼水が右近を遮った。

一度喋《しゃべ》り出したら人の話が耳に入らない、あの右近が、すんなりと口を噤んだ。叱られた子供のような顔をしているのが、なんだか可笑しい。

「私が申し上げているのは、そういうことではないんです。貴方様に義理を立てて頂くつもりなぞ最初《はな》からありませんでしたし、偽りも時と経緯によっては、悪いことだと思っていません。懲りないお方だと申し上げたのは、その、一度喋り出したら、こちらの話を聞かなくなるご性分のことです」

「そ、そうか」

「文月さん。他人事のように笑っていますが、あなたもですよ。右近様につき合って下らぬ言い合いをすることなぞ、ありません」

文月は驚いて、顔に手を遣った。

また私、笑っていたのだろうか。

右近が、ほっとしたように、文月を見て微笑んでいる。

涼水が右近に向き直った。

「私が腹を立てているのは、お気づきですね」

これで気づかない人がいたら、顔を見てやりたいものだ。

文月はこっそり考えた。

さすがの右近でも、察することが出来ていたようだ。申し訳なさそうに、小さな声で「おお」と答えた。

涼水が、細く長い溜息を吐いた。

「なぜ、もっと早く、頼って下さらなかったのです」

哀しそうな顔が、酷く綺麗だと、文月はひそかに感心した。

しんみりと、右近がまた詫びた。

「すまん」

涼水が、ほんのりと笑った。

「無理矢理往診できるものなら、していました。ただ、目が離せない患者もいましたし、子供達も放っておけない。いえ、それは言い訳ですね。本気で時をとるつもりなら、いくらでもやり様があった」

右近が、戸惑った顔をした。

「なぜ、涼水殿が詫びる」

涼水は、笑った。

当たり前だ、という、涼やかな笑みだ。

「私は医者ですから」

それからすぐに、涼水は厳しい目になって、右近を急かした。

「さあ、早く小太郎様をお連れ下さい。その間に文月さんには、この診療所と手習塾を案内しましょう」

右近が、文月を見て、涼水を見た。

文月も、右近を見、涼水に視線を戻した。

「それは」

文月が呟くと、右近が
「二人とも、働かせて貰えるということか」

涼水が、淡々と言った。

「ですから、申し上げたでしょう。どちらかひとりに働いて頂くとは言っていない、と」

「我らは、夫婦者ではないぞ」

涼水が、深い色の目で右近と文月を見比べた。

「夫婦者よりも、お二人から学ぶことの方が、子供達にとって大切なことが多いかもしれません」

謎めいた言葉の意味を、文月は問うことを止めた。

安堵と嬉しさで、体中から力が抜けるようだった。

自分で考えている以上に、今日の埒がないかもしれないことが、こたえていたのだろうか。

今更、要らぬ波風を立てて、せっかく得た住まいと働き口を、失くしたくない。

ふいに、右近が涼水に向かって頭を下げた。

「かたじけない」

右近の声は、微かに震えていた。右近もまた、病の息子を抱え、後がないとこ
ろまで追い込まれていたのかもしれない。

と、縁側とこちらの部屋を仕切る障子の向こうで、何やらひそひそと、子供達
の囁き合う声が聞こえてきた。

涼水が、音もなく立ち上がっていくと、するりと障子を開けた。

縁側に集まっていた子供達が、一斉に驚いた風でのけ反った。寄り添い合い、
聞き耳を立てていたであろう格好は、冬のふくら雀《すずめ》のようで、微笑ましい。

「また、盗み聞きですか」

涼水が渋い顔で呟いた。とはいえ、子供達を叱る様子はない。

やんちゃそうな子が、えへへ、と笑った。

「だってかっぱ先生。つきとお揃いのねえちゃんと、ちょっと抜けてそうなご浪
人さまがどうなるか、心配だったんだ」

右近が、ははは、と明るく笑って言い返した。

「ちょっと抜けてそう、か。良く分かったな」

右近の言葉に、子供達の笑い声がはじけた。

涼水が子供達の顔を見回しながら訊く。

「皆は、文月さんと、こちらの御浪人様、右近様に、ここにいて欲しいですか」

子供達の返事には迷いがなかった。

「うんっ」

「ふづきねぇちゃんの手、すき」

「御浪人様も、面白くて好き」

「これから、御浪人様、えっと、右近先生があたしたちの手習い、みてくれるの」

「『先生』だと、かっぱ先生と間違えちゃうよ」

「じゃあ、右近先生って呼べばいいよ」

「えー、先生はやっぱりかっぱ先生だよぉ」

揃って、うーん、と首を傾げた子供達がなんとも可愛らしい。

一番年上の金太が、じゃあ、こうしよう、と子供達を纏め始めた。

「右近様は、お師匠様。かっぱ先生はこれまでどおり、先生」

「お師匠様」

「おしょーさま」

子供達は、楽し気に右近を呼び、右近も楽し気に「おう」と返事をした。

放って置くといつまでもはしゃぎ続けそうな子供達を、涼水が促した。

「さあ、庭での勉学は終わりです。机と手習い道具の支度をしましょう。その間に、私は文月さんに診療所を案内してきます。右近様は、小太郎様をお迎えに」

はぁい、と子供達が元気のいい返事をして、部屋へ入ってきた。わいわいと賑やかに、手習いの支度を始める。

白猫のつきが、相変わらず不機嫌な千吉を気遣うように、ずっとついて回っていた。


賑やかだった手習塾に比べ、診療所には静けさが満ちていた。

診療所にも、子供達の賑やかな声は届いているが、土間を通しているせいか、とても遠くに聞こえる。また、子供達も診療所の前では騒がないよう、気を遣っていようだった。

畑に面した南には、納戸と涼水の部屋が一列に並んでいた。納戸は、薬やさらし、診療所で使う道具、沢山の書物が几帳面に仕舞われていた。

涼水の部屋はとても広かったが、通ってくる患者を診る診療部屋にも使っているのだそうだ。

北は、動かせない患者に寝泊まりしてもらう部屋。広間に衝立《ついたて》を立てて、ひとりひとり区切られている。大怪我や重い病の人ばかりだったけれど、誰もが穏やかな顔で、暖かく文月を迎えてくれた。

具合が悪い人が精いっぱいの笑顔を向けてくれたので、文月も慣れない笑みを返してみたが、きっと、頬が引き攣《つ》り、こめかみあたりが小刻みに震える、無様な笑顔だったろうと思うと、少し気が滅入った。

文月の部屋は、通り土間を挟んだ向かい、手習塾の方だった。

屋敷の東の端、三部屋並んだうちの南端、廊下を挟んで勝手がある。

この屋敷は田畑の広がる北に向かって開けているから、寺社の立派な建物や鬱《うっ》蒼《そう》とした木々が並ぶ南よりも、かえって北の方が日当たりがいい。

だから、右近と喘息を患っている小太郎に、北の部屋を使ってもらった方がいいだろうと、涼水は言った。真ん中が空き部屋だ。

「それで構いませんか」

訊ねられ、文月は「勿論です」と答えた。

「小太郎様も、枝垂れ桜や蓮華畑を眺められれば、お気も休まるでしょう。私もお勝手の近くの方が、有難いですし。あの――」

「何でしょう」

問い返した涼水は、穏やかな笑みを浮かべている。

文月は、先刻からずっと胸に凝った気がかりを打ち明けた。

「本当に、私、ここで働かせて頂いて、いいんでしょうか」

涼水は少し考える素振りを見せてから、あっさりと頷いた。

「千吉なら、放って置いて構いません。これもここで、あなたから学べることのひとつです」

「そう、ですか」

「あなたこそ、ここでやって行けそうですか」

文月はすぐに頷いた。

「はい。手だけは、子供達に気に入って貰えたようなので」

何気なく口にした言葉だったが、涼水が軽く顔を顰めた。桜色の唇から、今日一番苦い溜息が零《こぼ》れた。

「あなたも、ここで学ぶことがありそうですね」

子供達は本気で文月に懐いたのではないのだと、釘を刺された気がした。冷え切ることに慣れていた筈の心が、ずきりと痛んだ。

「申し訳、ありません」

涼水が、何か言いたげに文月を見た。

なぜ、哀しそうな眼をしているのだろう。

文月は不思議に思った。

瞳の哀しい色は、すぐに長い睫毛で隠されてしまったけれど。

「まあ、いいでしょう。ゆっくり、ここの暮らしに慣れてください」

そう告げた涼水は、穏やかな佇まいに戻っていた。

小太郎は、繊細な顔立ちに敏い目をした子だった。

顔色は悪く、息をするのが少し辛そうだったが、それでも背筋をぴんと伸ばし、涼水に今までの無礼を詫び、父と自分を迎え入れてくれた礼を述べた。

文月にも、丁寧に挨拶をしてくれた。

少し大人びていること、何かを諦めてしまったような、寂し気な笑みが文月の心に引っかかった。

先刻まで千吉から離れなかったつきが、小太郎が到着するや側へやって来て、静かに寄り添った。

涼水は、小太郎の診察を済ませると、当分はくれぐれも安静にするように、くすりは欠かさず飲むようにと、右近親子に伝えた。

それから早速、文月は大忙しになった。

一日の仕事を涼水から聞き、ここで暮らす人達すべての夕飯をつくり、南の畑に水をやり、繕い物をし、小太郎の薬を煎じた。

おくめの薬をずっと煎じていたと伝えると、涼水に小太郎の薬を任されたのだ。

「少し慣れてきたら、薬草の仕分けも覚えて貰います。ああ、それからいずれ、手習塾で、女の子達に裁縫を教えてやってください」

優し気な風でいて、涼水は人使いが荒そうだ。

だが今の文月にとっては、むしろ有難かった。昼間は忙しく働いて、夜は疲れで何も考えずに眠りたかった。

おくめのいない夜に慣れるまで、どれくらい時が掛かるか分からない。

けれど、あてがわれた広く綺麗な部屋のせいか、目まぐるしかった一日のせいか、疲れているのになかなか寝付かれずにいた。

にゃーお。

つきの声がした気がして、文月は床《とこ》を出た。夜中に河童が訪ねてきたら、ちょっと嫌かもしれない。そう考えたら、なんだかひとりでいたくなかったのだ。

つきの声を追い、廊下を土間の方へ進む。

通り土間に張り出した板の間へ出ると、土間からつきが駆け寄ってきた。

ふんわりとした白い身体を抱き上げると、つきは、甘えるように、小さく鳴いた。

ふと、診療所の方を見ると、涼水の部屋からうっすらと灯りが漏れていた。

調べ物か何かだろうか。

つきが、文月の腕からするりと抜け出し、涼水の部屋の方へ駆けていく。

先生の邪魔をしちゃあ――。

文月は慌ててつきを追った。

部屋から、声が聞こえている。

涼水と、右近だ。

診療部屋の前で丸くなったつきを抱き上げると、二人の言葉がはっきりと文月の耳に届いた。

「そうですか。右近様は文月さんのおばあ様と、お知り合いでしたか」

文月は、息を呑んだ。

息を詰めて、遣り取りの続きを待つ。

「俺が浪々の身となって間もなく、妻が針仕事の内職で大層世話になったのだ。その頃はくめさんも矍鑠《かくしゃく》としていて、仕事を回してもらったり、ちょっとしたこつを教えて貰ったり、慣れぬ町場の長屋暮らしで苦労をしていた妻は、くめさんを頼りにしていた。小太郎が生まれる折も、産婆の手配やむつきの支度、大層骨を折って貰った。小太郎も良く懐いていた」

「そのことを、文月さんは」

「知らぬよ。妻に先立たれてからこちら、忙しさに取り紛れ、長らく無沙汰をしておったからな。俺は不義理をしてばかりだ」

「では、文月さんをここへ誘ったのも」

ふ、と右近が笑った気配がした。

「なぜか急に、無沙汰の詫びと、妻のことを知らせようと思い立ってな。妻の内職の知己《ちき》を当たり、住まいを訊いて訪ねたら、くめさんの弔いの最中だった。長屋の差配や店子仲間達の感心しない陰口を聞き流し、懸命に背筋を伸ばし、自身を支えている文月の背中が、華奢《きゃしゃ》で、痛々しかった」

「その時、力になって差し上げればよかったのに」

ふう、と右近が息を吐いた。

「どの面を下げて、声をかけよというのだ。散々世話になったのに、妻が身罷《みまか》ったことさえ知らせなかったのだぞ」

「やれやれ。闊達《かったつ》として考えなしに見えて、右近様は随分と面倒なお方ですね。申し訳ないと思うのなら、尚更その場で文月さんを助けるべきだったでしょう。そうすれば、少なくとも若い娘さんが路頭に迷いかける、なんてことはなかった」

また、右近が笑ったようだった。痛々しい笑いだと、文月は感じた。

「まったくだ」

「それで、働き口を探して口入屋を回る文月さんに、ややこしい話を持ち掛けた、と」

「くめさんに呼ばれたのだと思った。くめさんは赤子の小太郎を慈しんでくれた。小太郎を涼水殿に診せてやれ。そして文月を助けてくれ。そう言われておるのだと。己の申し訳なさを紛らす、手前勝手で都合のいい考えだ」

「私としては、皆、いい方に転んだような気がしますが。文月さんは周りに気を遣わないでいい住まいと働き口を得た。右近様は小太郎様を私に診せることが出来、小太郎様の側にいて差し上げられるようになった。私は、心に懸かっていた小太郎様を診ることができ、よい手習い師匠と手伝いに巡り合えた」

少し、長めの間が空いた後、右近が訊ねた。

「涼水、お主ひょっとして、最初《はじめ》から俺にここへ来させるつもりで、口入屋を頼んだのか」

「なんの話でしょうね」

「だったらなぜ、夫婦者でなければならぬ、なぞと注文を付けたのだ」

「本当に、子供達の為には夫婦者がいいと思っていましたよ。ここのところ、患者も子供達も増えてきて、手が回らなくなっていましたし。ただ、妙な噂がある診療所ではなかなか働き手は見つからないだろう。小太郎様がお元気ならいいが、もし喘息が良くないなら、右近様がいらっしゃるかもしれない。そうしたら、働いて頂いてもいいかな、とは考えていましたが」

「お主も、大概面倒な男だぞ」

「お互い様でしょうに」

涼水と右近の低い笑い声を耳にしたところで、文月はそっとその場を離れた。

部屋へ戻った途端、涙が零れた。

自分が泣いたことに、吃驚《びっくり》した。

泣かないと決めてから、初めてのことだ。
おくめの弔いの時も、涙は出なかった。
にゃーん。
つきが、付いてきたようだ。
抱き上げようと手を伸ばした。
文月は、その場に蹲《うずくま》った。
声を殺して、泣いた。
顔を覆った文月の手を、つきが舐めている。
ざらざらした肌触りが、妙に優しく感じられた。
右近は、何もかも知っていた。
知っていて、面倒な芝居をしてまで、ここへ連れて来てくれた。
だから、会ったばかりの自分に、言ったのだ。
い、い、ようやく、文月の笑顔を拝めた、と。
ばあちゃん。
文月は、声に出さず、祖母を呼んだ。

くめばあちゃんが、私を助けてくれたんだね。

右近様、涼水先生。私の手が好きだと言ってくれた子供達。ばあちゃんが、こんな優しい人達に出逢わせてくれたんだね。

祖母に、会いたかった。会って、今日の出来事を聞いて貰いたかった。

くめを喪った悲しみ、ぽっかりと口を開けた「寂しさ」という暗闇が、今頃になって文月を襲った。

ばあちゃん。どうして私をひとりにしたの。

文月はひとり、泣き続けた。泣いて、泣いて、目が腫れぼったくなった頃、右近の「笑っている方がいい」という言葉が、ふと蘇った。

右近の声に、くめの言葉が重なった。

——ほら、文月。外でも、ばあちゃんにしてくれるように、そうやって笑って御覧な。笑えば、お前はそんなに可愛いんだから。

二話——顰《しか》め面の千吉

「文月ねぇちゃん」

北の庭、緩んだ竹垣の縄を直していた文月が、呼ばれて顔を上げると、目の前に音松《おとまつ》の可笑しな顔があった。

音松は、やんちゃで悪戯《いたずら》好き、八つの男の子だ。

蛸《たこ》のように口を尖らせ、両の掌でほっぺたを挟んで潰し、左の目と右の目、それぞれ違う方を見ている。

中村座の役者さんみたいね。

文月は感心した。

一度だけ、元気だった頃のおくめに、芝居を見に中村座へ連れて行って貰ったことがある。芝居の最中、ここぞという時に、役者が幾度もこんな目をしていたっけ。

おくめとの楽しかったひと時を思い出しながら文月は音松の顔を眺めた。

それぞれあさっての方角を向いていた、音松の右目と左目が、様子を覗うように、文月の顔に集まった。

畢竟《ひっきょう》、文月は音松としっかり見つめ合うことになった。

暖かな風が吹き、さらさらと、枝垂れ桜の枝が揺れる。

ふいに、子供達の笑いがはじけた。

笑い声の方へ目を遣ると、手習塾の縁側に、子供達が並んでいた。「かっぱ塾」に通う子達は、皆仲が良く、上の子が下の子の面倒をちゃんと見る。

だから、よくこうして、雀の子のようにこちゃっと固まっているのだ。

とりわけ、子供達にとって「面白いこと」がある時には。

きっと、音松《おとま》っちゃんの顔が、面白いのね。

文月が得心していると、音松ががっくりと項垂《うなだ》れた。

子供達が、音松をはやし立てる。

「音松の負けー」

「そんな顔じゃあ、文月ねぇちゃんは、笑ってくれないよぉ」

「文月ねぇちゃん、手ごわいっ」

なるほど。

文月が「かっぱ診療所」で働き始めてから、六日。

子供達は、新しい遊びを見つけたようだ。

誰が、文月を笑わせることができるか。

文月は、迷った。

笑ってあげた方がいいのかしら。それとも、この「楽しい遊び」にしばらく付き合ってあげた方がいいのかしら。

ふと、不思議な気配を感じた気がして、文月は「枝垂れの大桜」の方を見た。

枝垂れ桜の向こうには、田植えに向け、掘り返されたばかりの茶色い田んぼが広がっている。掘り返される少し前、「かっぱ塾」の子供達が、向かいの田んぼで蓮華《れんげ》摘みに夢中になっていた。あのはしゃぎ振りだと、河童の子達も、誘われて出て来ていたかもしれない。

文月の目と子供達を楽しませてくれた赤紫の蓮華草は、稲の肥やしとして田んぼに鋤《す》きこまれ、姿を消してしまい、これから水を張り、田植えが済むまで、少しばかり寂しい眺めが続く。

文月が残念に思っていたところへ、太くごつごつした枝垂れ桜の幹の陰から、男の子が顔を出した。

年の頃は、小さなおのぶと同じくらい、四つ、五つというところだろうか。

「かっぱ塾」は、手習いを教えているのみではない。

周りの寺で育てられている孤児や、片親や継母《ままはは》、様々な経緯がある近くの町場の子も通ってきている。

息をつける場所、子供同士で遊べる場所、優しさを貰える場所を求めて。

だから、まだ手習いを始めるには早い、幼い子がいるのは不思議ではない。

けれど、あの子は見たことがない。

声を掛けようか。

そう思った時だった。

「枝垂れの大桜」のしなやかな枝が大きく揺れて、木の上から白い猫――つきが降ってきた。

楽しそうにしている他の子達を、幹に隠れて、やはり楽しそうに眺めている、小さな子の頭目がけて。

つきの動きは軽やかで、落ちた、というよりは、幹を駆け下り、その子を気遣いながら頭に飛びついた、そんな風に見えた。

雪が積もった笠を被《かぶ》っているみたい。

文月は、子供の背中から頭の上に、ぺたんと乗ったような恰好の、微笑ましいつきの姿を見てそう思った。

小さな子が驚いた顔で、自分の頭へ手をやった。ふんわりした「毛玉」に更に吃驚したようで、ひゅっと、手をひっこめた。

なんだか、可愛い。

「わあ、文月ねぇちゃんが笑った」

金太が叫んだ。

子供達が続く。

「木から落っこちたつきを見て、ねぇちゃんが笑った」

「つきの勝ちだあ」

笑ったつもりはないんだけれど。

腑に落ちない思いで考えてから、ふと、文月は気づいた。そして、文月を笑わせたのは、子供達には、つきが木から落ちたように見えた。つきだと思っている。

「ねぇ、あの子――」

は誰、と子供達に訊こうとして、「枝垂れの大桜」へ目を遣る。

そこには、ふるふる、と身体を振っているつきがいるだけで、小さな子の姿は、どこにもなかった。

縁側と手習塾を仕切る障子が開いた。右近が子供達を促す。

「さあ。そろそろ、始めようか」

「はぁい」

「はーい、お師匠様」

元気のいい返事をして、年上の子供達が立ち上がった。

文月が、挨拶代わりに頭を下げると、右近は闊達な笑みを返してきた。

右近は、涼水がやっていたように、歳や性分、子供達それぞれに合わせた手習いを工夫しているそうで、子供達は楽しそうに手習いにいそしんでいる。手習いの最中《さなか》でも大抵賑やかだ。あまり悪ふざけが過ぎると、右近が窘めているが、子供達は「お師匠様」の言うことをよく聞いている。よく笑う、おおらかで明るい師匠を、子供達は早くも慕っているようだった。

「ねぇちゃん、またね」

「ねぇ、また明日もやろうよ」

「そうだよ。つきが勝ちじゃあ、つまんない」

つまんない、と言いながら、皆楽しそうだ。

幼い子たちは、このまま縁側で遊ぶことにしたようだ。今日は、天気が良く日差しも暖かい。

さて、竹垣を仕上げてしまおう、と息を吐いたところで、むっつりとした声が「姉ちゃん」と、文月を呼んだ。千吉だ。

振り向くと、声と同じくらい、むっつりとした顰め面が、こちらを見ていた。

すっかり、千吉には嫌われてしまったようだ。

「なあに、千吉っちゃん」

なるべく千吉の痛に触らないよう、静かに、穏やかに問いかける。

千吉が、への字の口のままもそもそと告げた。

「かっぱ先生が、呼んでる。お師匠様に分からないように、急いで小太郎さんの部屋へ来るようにって」

小太郎は、昨日から熱を出していて、右近の部屋から診療所の部屋へ移っていた。

発作、かしら。

ならどうして、右近に分からないようにしなければいけないのだろう。

昨夜、涼水が心配していたのを思い出す。小太郎の喘息は、熱が上がり切らないと、かえって発作を引き起こすことがあるのだそうだ。

「分かった。ありがとう」

答えると、千吉はものすごい顰め面になって、小さく頷き、縁側へ上がった。

「せんちゃんのかお、こわーい」

すかさず、小さなおのぶに明るく言われ、千吉はちょっと笑った。おのぶの前髪辺りをちょっと撫でて、手習い部屋へ消えていく。

偉いな。ああやって、不機嫌でもおのぶちゃんには優しくしてあげてる。

ここの子供達は、本当に幼い子に優しい。

ふと、「枝垂れの大桜」の陰にいた子を思い出した。

あの子も、物おじせずに入ってくればよかったのに。

そんなことを考えながら、診療所へ急ぐ。

つきが、文月に先んじて、駆けて行った。

小太郎が使っているのは、診療所の東端の向かい、衝立で仕切られた四畳半ほどの場所だ。

発作を辛抱してしまう小太郎の様子を、夜半でも涼水がすぐに診られるように、との心配りである。

小太郎は、身体を起こして、涼水の手から薬湯を飲んでいるところだった。

迷いのない足取りで、つきが小太郎の側へ行ったのを見て、文月は焦った。

猫の毛が喘息にはよくないと、涼水から借りた医術書に書いてあったからだ。

だが、涼水はつきの姿を見ても、叱ることもなく、小太郎から遠ざけることもしない。

つきは、小太郎の傍らでくるりと丸くなった。

小太郎様、苦しそう。

様子を覗っていると、文月の視線に気づいた小太郎が、少し弱々しい笑みを見せた。

「かっぱ先生の煎じた薬は、文月さんのよりも苦くて」

静かな言葉の合間に、隙間風のような息が混じる。

涼水が大真面目な顔で、笑えない冗談を言う。

「綺麗な娘さんが煎じると、同じ薬湯でも甘くなるのでしょうか」

こういう風にからかわれるのは、慣れないし、あまり好きではない。まだ、意地悪や陰口を言われた方が、慣れている分、あしらいやすい。

困った挙句、文月は二人の言葉をすっかり聞き流すことにした。

「先生、お呼びと伺いました」

涼水が、文月に向かって「困った子だ」というように微苦笑を浮かべたが、すぐに穏やかな面になって頷いた。

「小太郎様の背中を、擦って下さいますか」

「先生、それ、が、しのことは――」

「小太郎様」

やんわりと、涼水が小太郎を遮った。

「病人は医者の言うことを、大人しく聞くものです。一番、互いに手間がない術《すべ》を知っているのが医者ですから」

手間がない、だなんて、そんな言い方。

文月は、そろりと小太郎を見遣ったが、小太郎はむしろ肩の荷が下りたような顔で、「はい」と頷いた。

涼水は小太郎が楽になるように、言葉まで選んでいるのだと、気づかされる。

文月が小太郎の傍らへ近づき、そっと背に手を添えると、小太郎は軽く頭を下げた。

「手間を掛けます」

「いいえ」

本当なら、ここで少し笑ったりするんだろうな。

そんなことを考えながら、この年頃の男子《おのこ》にしては少しだけ頼りない小太郎の背中、胸の裏辺りを、涼水に教わった通り、ゆっくりと擦る。

涼水曰く、背中を擦ることそのものにも効き目があるが、手から伝わる優しい熱、そして触れられているという安堵を感じることもまた、喘息にとって良いのだそうだ。

小太郎の浅く辛そうだった息が、少しずつ深く、ゆったりとしたものに変わっていくのを見た涼水が、小さく頷き、立ち上がった。

「では、私は薬湯を煎じて来ます。少し、薬草の調合を変えてみましょう。更に苦くなって申し訳ないが」

涼水の軽口に、小太郎がちょっと笑った。そのはずみに、弱々しい咳が出る。

つきが、心配そうに小太郎の顔を見上げた。

「あの、先生」

少し迷ったが、文月は切り出した。

「つきが側にいて、小太郎様は大丈夫なのでしょうか」

涼水が、目を細めた。

「お貸しした医術書、早速目を通したようですね。熱心なのは有難いことです」

文月は、いえ、と小さく応じ、顔を伏せた。

この診療所の医師は涼水のみだ。手助けはできなくとも、忙しい涼水に手間を掛けさせることは避けたい。だから病について学ぶのも、診療所手伝いの仕事のうちだと、文月は考えている。褒められるようなことではないのに。

本当に、慣れないし、いたたまれない。

そっと溜息を堪えていると、涼水の静かな声が、文月の問いに答えてくれた。

「発作の引き金になるものは、患者によって様々です。確かに獣の毛や鳥の羽などは、引き金になることがある。埃もそうですね。その他にも、煙草《たばこ》の煙や雨、寒さに暑さ」

小太郎が、まだ少し苦し気な息で、口を挟んだ。

「つきは、それがしの病を悪くしたりしません。それがしは、つきに側にいて貰いたいのです。つきがいてくれると、ほっといたします」

涼水が、小太郎を宥めるように微笑んだ。

「引き金は患者によって様々、と言ったでしょう。小太郎様の喘息につきは関わりありません。そうですね、小太郎様は一に埃、二に気の持ちよう、というところでしょうか」

文月は、訊き返した。

「気の持ちよう、ですか」

「ええ。生真面目さ、他人に対する細やかな気遣いは小太郎様の徳ですが、病にとっては良くない方に働くことが多い。とりわけ、気に病みすぎること。気兼ねすることはいけません」

小太郎は、寂しそうに笑って「はい、先生」と答えた。

何か、心当たりがおありになるのだろうか。

文月は、ちらりと考えた。

「では、後を頼みます。何かあったらすぐに知らせに来てください」

涼水は文月に告げ、立ち上がった。

涼水の姿が見えなくなると、気まずい静けさが二人の間に流れた。

ひゅう、ひゅう、と、小太郎の息がか細い音を立てている。

少しでも手の温かさが伝わるよう、小太郎の息を妨げないよう、擦る速さ、強さに気を付けながら、文月は小太郎に話しかけた。

「小太郎様、申し訳ありません。病のことを大して知りもしないくせに、小太郎様からつきを遠ざけようとしてしまって」

小太郎が、微笑んだ。

「文月さんは、それがしの病を案じてくださったのですから、詫びることなどありませんよ」

小太郎は、ほんの少しぎこちない、幼さの残る口調で、自分のことを「それがし」と言う。

小太郎は、大人びた喋り方をする。

小太郎は、文月のような町場の者にも、丁寧に接する。

小太郎は、時折寂しそうな顔をする。

何もかもが、文月を切なくさせた。

侍とはいえ、町場で暮らす浪人の子だ。他の浪人とその身内がしているように、もっとのびのびと息をし、気軽に過ごしてもいいだろうに。せめて父の右近の半分でも。

小太郎が、言った。

「つきは、今一番助けが入用な子供に、この診療所の誰よりも早く気づくんです」

文月は、目を瞠った。

「そうなんですか」

小太郎が、ふふ、と笑った。その拍子に、また咳が出た。文月が、ほんの少し背を擦る手に力を入れると、小太郎が礼を言うように、頭を下げた。

少し息を整えてから、口を開く。

「可笑しな猫でしょう」

「小太郎様、あまりお話しにならない方が」

「話させてください。文月さんと話すのは、とても楽しい」

言い置いてから、話をつきに戻した。幼い手が、つきの白い背を優しく撫ぜる。

「前、こちらに世話になっていた時に、教えられました。悲しんでいる子、寂しい子、助けが入用な子に、つきは一番最初《はじめ》に気づいて、そっと寄り添うんです。だから今つきが側にいてくれることは、それがしにとって、とても心強い。言葉にして訴えなくても、つきだけは、分かってくれている」

文月は、千吉が呼びに来た折の言葉を思い出していた。

――お師匠様に分からないように、急いで小太郎さんの部屋へ来るようにって。小太郎様が訴えたいのは、病のことですか。それとも何か他の、例えば御父上のこと。

文月は、そう訊きかけて止めた。

なんとなく、訊いてはいけないような気がした。

触れて欲しくない。小太郎の穏やかな横顔がそう言っているように見えたのだ。

小太郎の息は、随分と穏やかさを取り戻していた。

文月は少し考えてから、つきに言葉を掛けた。

「つき、お前、賢いのね」

なーん、とつきが返事をした。

「ええ。とても」

小太郎が、自分が褒められたような顔で応じた。青白い頬に、ほんのりと血の気が戻る。

「あの」

小太郎が、申し訳なさそうに切り出した。

「なんでしょう」

「先生が戻られるまで、もう暫く、背を擦って貰っていても、構いませんか」

文月はすぐに答えた。

「勿論です。先生が戻られても、小太郎様がお楽になるまでこうしております」

「ありがとう」

ぽつりと零された礼は、八歳の子供らしい、あどけなさが滲んでいて、文月は妙にほっとした。


それから、文月は診療所と手習塾の仕事の合間を縫って、なかなか右近と暮らす部屋に戻れずにいる小太郎の様子を覗いては、背中を擦った。

足繁く通って世話を焼いたせいか、小太郎は、文月には発作の苦しさを隠さないようになった。

小太郎が文月を頼ってくれているのが嬉しかったし、涼水の「私よりも文月さんの手の方が、楽になるようです」という言葉も、文月を勇気づけた。

文月は、背中を擦りながら、小太郎に色々な妖《あやかし》の話をした。病に苦しむ小太郎の気が少しでも紛れるように、と。

河童は涼水や手習塾に来る子供達の方が詳しいので、他の妖、座敷童《ざしきわらし》や、狸《たぬき》に狐《きつね》、おとぎ話に出て来る鶴《つる》の話。

小太郎は、妖の話が物珍しいのか、楽し気に聞いてくれた。

その顔は、手習塾に集まる子供達が、時折涼水に河童の話をせがむ様《さま》によく似ていた。

それは、小太郎にとって、とても良いことのような気がした。

右近が小太郎を見舞うと、決まって大人びた顔に戻ってしまうのが、気になったけれど。

この日は朝からすっきりと晴れた。発作も落ち着いているので、涼水は、自分の部屋の側から、眺めがよく風も通る北の庭の前に小太郎の床を移した。

早速文月が障子を開けると、春の日差しが心地よく小太郎の新しい床まで差し込んだ。陽気のせいか、外を眺めて気分が晴れたのか、小太郎の具合もよさそうで、朝餉《あさげ》を残さず食べてくれた。

「小太郎様、今日は卵を頂きましたよ。先生からお許しを頂きましたので、昼飯《おひる》も召し上がれるようでしたら、おかゆに溶き卵を掛けましょうか」

小太郎が顔を曇らせたので、文月は戸惑った。

「ひょっとして、文月さんが買ってくださったのではありませんか」

小太郎らしい気遣いだ。

「ご心配いりません。本当に頂いたんです」

「本当に」

「ええ」

小太郎には体に力をつける食べ物がいいだろうと、文月は診療所近くの鶏《にわとり》を飼っている大きな農家に頼んで、縫物を引き受ける代わりに、卵を貰う約束をしたのだ。

手習塾に通う子供達は、昼餉《ひるげ》を塾で摂る。少しずつでも卵を使った料理を出せば、子供達も喜ぶだろう。

だから、縫物を山ほど引き受けた。

暗がりでの針仕事も夜なべも長屋暮らしで慣れていたので、丸々二晩かけて、頼まれたものを全て仕上げた。

だから、「頂いた」は嘘ではないもの。「代わりに縫物を引き受けた」ことを、内緒にするだけ。

文月は、小太郎が不審に思わないよう、自分に繰り返し言い聞かせた。

小太郎が、まだ心配そうに確かめた。

「皆の分も、ありますか」

小太郎の言う「皆」とは、手習塾の子供達のことだ。小太郎は、あの子達のことを気にしていたから。同じ年頃の子供同士、きっと親しくなりたいのだ。

文月は、「ええ」と頷いた。

綺麗に縫ってくれた礼だと、約束よりも随分と沢山卵を分けて貰えた。だからあの子達にも贅沢《ぜいたく》に食べさせてやれる。少し塩を効かせた錦糸卵《きんしたまご》にして、青菜のおひたしの上にたっぷり載せれば、青菜が苦手な千吉にも食べ易くなるかもしれない。

千吉は変わらず、文月に心を開いてくれないが、文月のつくった昼餉を残さず食べてくれるから、少しでも美味しくしてやりたい。
ようやく、小太郎が笑った。
「昼餉が、楽しみです」
「じゃあ、腕に縒《よ》りをかけますね」
告げた時、小太郎の傍らで丸まっていたつきが顔を上げ、庭の方を見た。
開けた障子の向こう、庭に千吉が立っていた。
怖い顔。泣き出しそうな目で、こちらを睨《にら》んでいた。
手に、卵を持っている。
千吉が、卵をぎゅっと握り、その手を文月に向かって振りかぶった。
投げちゃ、だめ。それはみんなの——。
文月は千吉を止める言葉を呑み込んだ。
千吉が酷く傷ついた顔をしていたから。
文月は、小太郎と千吉の間に入った。
千吉が卵をぶつけたいのは文月だろうが、とばっちりで小太郎が卵を被っては大変だ。

千吉の顔が歪んだ。

ほんの刹那躊躇うように手を降ろしかけ、きゅっと唇を嚙んで、再び投げようと上げた千吉の手を、いつの間に北の庭へやって来たのか、見知らぬ大人の手が後ろから摑んだ。

墨染めの衣、綺麗に剃り上げた頭、手首には数珠《じゅず》。坊様だ。

五十は四つ五つ過ぎているだろうか。目元の皺が優し気だ。

坊様は、千吉の手から大切そうに卵を取り上げると、のんびり窘めた。

「千吉。いかんのう。卵は旨い。他の子達が、がっかりするぞ」

坊様が「卵は旨い」なぞと言って、いいのだろうか。

文月は戸惑ったが、坊様はどこ吹く風だ。上機嫌で卵を眺めている。

「おお、形といい、重さといい、これはいい卵だ。千吉、お前も食いたいじゃろう」

千吉は、ふい、と坊様から顔を逸らした。

「そいつは、おいら達の卵じゃない。病で臥《ふ》せっている小太郎様の為に、姉ちゃんが夜通し縫物の仕事して、貰ってきた卵だ」

文月は目を瞠った。

自分が夜なべをしていたことを、なぜ千吉が知っているのだろう。

坊様は、静かな口調で千吉に訊ねた。

「病で臥せっていると知っていて、千吉は若様に卵を投げつけようとしたのかの」

千吉が卵をぶつけようとしたのは、小太郎ではなく文月だ。坊様の「勘違い」を文月が質《ただ》す前に、千吉がいたたまれない顔で項垂れた。

坊様は、続けて千吉を諭す。

「この卵は、命じゃ。これを食すということは、命を頂くということ。心して、ありがたく頂戴せねばいかん。その大切な命を、お前の苛立ちをほんの少し晴らすだけの為に、台無しにしてしまって、よいと思うかの」

しばらく黙った後、千吉は項垂れたまま、小さな声で「ごめんなさい」と言った。

坊様が更に促す。

「病で臥せっておいでなのに、驚かせてしまった若様にも詫びねばな」

千吉は、見ている方がちょっと笑ってしまいそうなほど、派手な顰め面をしたものの、「千吉」と坊様に呼ばれ、「若様、ごめんなさい」と頭を下げた。

坊様は、千吉の額辺りを、そっと撫ぜた。

「千吉は、良い子じゃ」

何が何やら分からず、呆気に取られていた文月は、坊様の温かな笑みと手の動きに、我に返った。

小太郎に軽く頭を下げ、急いで庭へ出る。きっと涼水の客だろう。

「御坊《ごぼう》様。涼水先生を、すぐお呼びしてまいります」

そう声を掛けると、坊様は悪戯っぽく顔を顰めた。

「あれは煩《うるさ》いから、呼ばれては、ちと困るな」

ええと。

少し考えて、文月は訊いてみた。

「あの、でしたら、どんな御用でしょうか」

悪戯な顔つきはそのままで、坊様はにっこり笑った。

「文月さん、というそうじゃの。拙僧《せっそう》は、お前様に会いに来た」

坊様は、文月に伝えておきたいことがあると、言った。坊様が、子供は子供に任せておけばいいと言ったので、文月は、千吉に少しの間だけ小太郎の相手を頼んでみた。

千吉は、もそっと「いいよ」と応じ、庭から部屋へ上がると、小太郎から少し間合いを取って、どすんと座った。

小太郎は居心地悪そうで、千吉は盛大な仏頂面だ。それでも、二人の姿は微笑ましく映ったし、千吉は小太郎を気遣っているように見えた。だから文月は、二人の様子が見える庭で坊様の話を聞くことにし、その間、小太郎を千吉に任せた。

坊様は、自分のことを先刻のように、「御坊様」と呼ぶように告げた。

「『かっぱ塾』には、幾人も坊主が出入りしており、勿論皆、法名をもっておるが、ここではみな等しく『御坊様』と呼ぶ、という取り決めがあるのでな。他の坊主が来た時も、御坊様と呼んでやっておくれ」

坊様の話によると、こうだ。

「かっぱ塾」に出入りする坊様は、ざっと七人。皆、塾の周りの寺の坊様で、中には自分の寺の子が「かっぱ塾」に通っている、という坊様もいるのだという。

坊様達が塾に出入りするにあたって、涼水はいくつか条件を出した。

大挙して、押しかけぬこと。

騒がぬこと。とりわけ、病人の心身に障ることはせぬよう。

子供達の手習いを邪魔せぬこと。

塾にいる間は、自分の寺の子のみを気遣わぬこと。全ての子供達を平等《ひとしなみ》に。

寺同士の付き合い、諍《いさか》いを持ち込まぬこと。

そこで、坊様同士で話し合い、法名と寺の名は出さぬようにしよう、と決めた。誰が来ても、みな「御坊様」。坊様同士で呼び合う時も同じ。寺や自分の名に纏わる権勢を振りかざすこともないし、常日頃気に食わない相手も、ここではひと時只《ただ》の「御坊様」、つまり「別の坊主」ということになるから、諍いも起きぬ。

涼水との約定と坊様達で定めた決め事を守れぬ幾人かが、すぐにやってこなくなったものの、今でも七人の坊様が入れ替わりながら、時には行き合いながら、塾を訪れている。

　坊様は、子供のように笑った。

「これが、案外楽しゅうてのう。坊主同士が『おや、御坊様』『これは、御坊様』と挨拶をする。どこの寺の誰それと、皆分かっておるが、知らぬ振りで『名もなき只の坊主』という面《めん》を被る。ちょっとした遊びのようでなあ」

　確かに、子供の遊びに似ている気がするが――。

「あの」

「なんだね、文月さん」

「どうして、御坊様方はこの塾にいらっしゃるのですか」

　まさか、遊ぶためにここへ来ているという訳でもあるまい。

　ううん、と、坊様は空を仰いだ。

　少し困ったような顔で、空を見上げながら続ける。

「春は、何と申しても『枝垂れの大桜』の花見。夏の初めの若葉、秋の紅葉も美しいな。冬はまあ、ちと冷えるが。いずれは噂の河童を拝みたいという『御坊様』もおる。勿論、子供達の様子も確かめねばならぬしなあ。子供同士の付き合いや浮世の倣《なら》いを学ぶため、とはいえ、預け放しにするわけにもいかぬからの。

何より――」

坊様が、よく晴れた空から文月へ視線を落とした。

「ここの飯《めし》が楽しみでの。大概は昼餉だが、たまに夕餉《ゆうげ》を食べにくる強者《つわもの》もおるぞ」

「ご飯《はん》、ですか」

思わず訊き返した。

坊様は、食べることも修行のうちではなかったのだろうか。

文月の顔色を読んだのだろうか、坊様はにっと笑って、声を潜めた。

「坊主も息抜きが欲しい、という訳よ。時には仏門に帰依《きえ》した身であることを忘れ、飯を愉しんでも、御仏もお許し下さるだろう」

そうして、坊様は短い念仏を唱えた。

文月は慌てて告げた。

「あの、一通り料理はできますが、御坊様が召し上がるようなものは、とても――」

坊様が、かか、と笑った。

「何、味は求めておらぬ。通いで飯をつくりに来ていた農家の女房が『河童に飛びつかれた』と腰を抜かし、ここへ来なくなってからは、不味《まず》くはないが旨くもない涼水の飯でもみな、さして不平を言わず食べておった。ああ、文月さんが案じているのは、なまぐさのことであろう。そこで、拙僧が先鋒を買って出たという訳だ。かつおだしでも、めざしでも、いけるのでな。拙僧は、食べ物で不平は言わぬ」

つまり、なまぐさの坊様ってことね。

文月は、こっそり心の中で呟いた。

坊様の言い振りでは、涼水は、あまり料理が得手ではないのかもしれない。坊様達の口振りからして、不平も出ていそうだ。それで、女手が欲しかったのだろうか。

涼水にも不得手なことがあるというのが、少し意外で可笑しい。

もっとも、医者と手習い師匠、掃除に洗濯、加えて料理までひとりでこなしていたというだけでも、大した働きぶりではあるけれど。

なまぐさの坊様は、嬉しそうに続けた。

「そろそろ、文月さんがここの暮らしに慣れた頃ではないか、と他の『御坊様』にせっつかれてなあ。様子を見に参った、というわけだ」

文月は少し迷ってから、応じた。

「お口に合うかどうか分かりませんが、子供達と同じ献立でよろしければ、昼餉を支度させていただきます」

坊様は大層上機嫌で、顔じゅうに皺を寄せて笑った。

「そう、こなくてはな。ああ、卵はいらぬぞ。病人と子供達に食べさせてやってくれ」

それから、声を低くしてそっと告げる。

「子供達は、安心してよさそうだの。まあ、仲の良いことよ。善《よ》き哉《かな》、善き哉」

坊様の言葉に、診療所の二人を見ると、しきりに言葉を交わしている。どうやら、千吉がこの寺のことをあれこれ小太郎に教えているようで、千吉は聾め面だが遣り取りを嫌がっている様子はない。小太郎は目を輝かせて千吉の話に耳を傾けている。

同い年の男子《おのこ》ふたり、微笑ましい眺めだ。

「どうして、千吉ちゃんは小太郎様に卵をぶつけようとしたのでしょう。私ではなく」

気づいたら、そんな問いを坊様に投げかけていた。

坊様は、あっさりと答えた。

「それは、悋気《りんき》じゃろう」

咄嗟に、

「はい」

と言葉尻を上げて訊き返した。

坊様は、目を細めて楽し気な小太郎と千吉を見守りながら、言葉を重ねた。

「千吉は、好いた文月さんが小太郎様ばかり気遣うものだから、焼餅をやいたのじゃ」

そんなはずはない。普段ならその心の声も文月は外に出さない。けれど、なぜか今日は心の声のままに口が動いた。

「私は、千吉ちゃんに嫌われているんです」

坊様が、笑みの色合いを変えた。穏やかに凪《な》いだ僧侶の顔だと、文月は思った。

「なぜ、そう思うのかな」

「それは——」

私が、人から嫌われる子だから。

文月は言い淀んだ。

可愛げがない。愛想がない。

散々陰で、時には聞こえるように、言われてきた言葉。

でもそれは、そうしていないと、自分が辛いからだ。

最初《はじめ》に、皆が私を嫌ったのではないか。

親の分からぬ孤児だから。

祖母のおくめが口を噤んでいるのは、他人様に言えないような親だったから。

——きっとあの娘は、心中者の生まれ変わりの片割れなのだ。

そういう噂は、文月が笑ったり泣いたり、怒ったり悲しんだりするのを止めた分だけ、「可愛げがない」「愛想がない」という悪口にとって代わった。

だから、文月は他人の前で笑うことも泣くことも止めたのだ。

見たことも会ったこともない父母に対する口さがない噂話も、心中者の生まれ変わり——正体が分からない化け物のように言われることも、文月には辛く、恐ろしかった。

「愛想がない」「可愛げがない」なら、間違いなく自分がしたことだから、辛いけれど恐ろしくはないし、諦めもつく。

同じ年頃の子供達も、心の傷を外に出さなければ、すぐに「文月虐め」の遊びに飽きる。

だから、私は——。

「文月さんは、男心を分かっておられぬ」

坊様の声で、文月は我に返った。

はい、とまた訊き返す。坊様は、にかっと笑った。

「千吉が文月さんに不愛想なのは、お前さんを好いておるからじゃ。照れておるのだよ」

「まさか」

そんな言葉が口をついて出た。

坊様が、愛おしそうに眼を細めた。

「気になって、気になって、つい目で追ってしまう。だから、お前さんが暇を見つけて縫物をしていることも、仕事の合間だけでは時が足りず、夜なべで目の下にくまをこしらえ、こっそりあくびを呑み込んでおることにも、気づいておった。仕上がった縫物を農家に届けに行き、嬉しそうに卵を貰って帰ってきたところも見ておったんじゃろ。卵を見て、小太郎様の為に無理をしたのだと知り、悋気の挙句、癇癪《かんしゃく》を起こしたんじゃよ。七歳八歳《ななつやっつ》の恋心なぞ、そういうもの。物慣れぬし他愛ない」

どう返事をしていいやら、見当もつかない。

何しろ文月は、今まで他人に好いて貰ったことがないのだから。

坊様が、少し寂しそうに笑った。

「お前さんも、辛い時をすごしてきたのだなあ」

「え」

「好かれることに、戸惑っておる顔じゃ。千吉と揃いの顔じゃの。千吉は、他人を好くことに戸惑っておるくちだがのぅ」

坊様が、千吉の身の上を教えてくれた。

千吉が暮らす寺は、年老いた住職がひとりで守っている小さな古寺で、子供は千吉ひとり。

三つの頃、火事で二親を失くし、ひとりきりで古寺に迷い込んだのだそうだ。

老いた住職は、千吉の手習いまでは手が回らず、また子供同士の付き合いも大切だろうと、「かっぱ塾」に通わせている。

祖父のような住職と二人きりの暮らしは穏やかだけれど、八歳の千吉には少しばかり、波風が足りないのだと、坊様は言った。

「そんな暮らしじゃからのう。千吉は、思いを寄せた若い娘さんに、どんな顔をして対せばいいのか分からんのだよ。何の屈託もなくお前さんと接し、甘えられる他の子がうらやましい。それゆえの顰め面じゃ」

なんだか、いたたまれなくなってきた。

自分の来し方を透かし見られたことも。戸惑っていると見抜かれたのも。そして、千吉、他人に好かれていることも。

文月は、あの、と坊様の言葉を遮った。

「何かな」

今は、心の裡を隠しておける自信がない。心持ち俯いて、文月は一息に告げた。

「そろそろ、昼餉の支度をしてまいります」

「おお、これは引き留めて申し訳ないことをした。お前さんに御仏のご加護がありますように」

すまし顔で坊様は手を合わせたが、きっと「美味《うま》い昼餉を頼んだよ」ということだろう。

ざわついた心を落ち着けるために、文月は昼餉の献立に気を向けた。


なまぐさでも気にしない、とは言われたが、そういう訳にもいかないと、坊様には精進料理もどきを作ってみた。

元々、「かっぱ塾」の勝手には贅沢な材料が揃っていたが、改めて眺めると、出汁《だし》に使う昆布に高野豆腐と、精進料理に使えるものが目立つ。様々な野菜と豆腐も毎朝届けられる。

今朝は、旬は過ぎた割においしそうなほうれん草が届いたので、おひたしにして、かつお節で取った出汁を掛け、錦糸卵を飾る。坊様は、白胡麻と豆腐で白和えにした。

おくめが好物だった飛竜頭《がんもどき》も、久しぶりにつくった。

老いた祖母の箸が進むよう、贅沢なものを使わずにすむよう、文月が工夫したものだ。

本当は、椎茸《しいたけ》や牛蒡《ごぼう》、木耳《きくらげ》、しその実、秋なら栗や銀杏《ぎんなん》でつくった加料《かやく》を芯に入れ、擂《す》り潰した豆腐に、繋ぎの葛粉《くずこ》を入れたもので饅頭《まんじゅう》のように包み、油で揚げる。

文月の飛竜頭は、潰した豆腐に加料《かやく》を混ぜ込む。加料《かやく》は、人参と生姜《しょうが》のみじん切りを炒めて甘辛く味付けしたもの。葛粉の代わりに春掘りの山芋を繋ぎにし、丸く、平たくして、米粉を塗《まぶ》しじっくりと焼く。

身体を壊してからは揚げ物が苦手になったおくめも、焼いた飛竜頭は喜んで食べてくれた。これなら食の進まない小太郎も喜んでくれるだろう。仕上げに、庭の畑で青紫蘇《あおじそ》の若葉が食べられるほどに育っていたから、飛竜頭ひとつに一枚、載せてみた。

子供達と坊様、涼水に右近は塩むすび、小太郎は、先刻約束をした卵粥《たまごがゆ》。診療所にいる患者は、小太郎を入れて四人。涼水が「かまいませんよ」と言ったので、皆卵粥にした。

滅多に見ない卵に大はしゃぎの子供達と、ほくほく顔の坊様の楽し気な昼餉の様子を少しの間眺めてから、文月は、ひとり分の塩にぎりと菜を手に、小太郎の元へ向かった。

診療所の食事は、涼水が運んでくれる。箸の進みぶりを確かめるためだというが、きっと忙しい文月のためでもあるのだろう。表に出さないけれど、涼水は細やかな気遣いの人だと、ここへ来てから短い間で、文月は気づいた。

小太郎の傍らには、つきと千吉がいた。

手習塾の昼餉の座に千吉が見当たらなかったから、きっとここだろうと思って、千吉の分を持って、訪ねてみたのだ。

二人はすっかり打ち解けた様子で、小太郎は頬に血の気が差しているし、千吉は子供らしい笑みを浮かべている。

千吉は、文月を見ていつもの顰め面になったが、小太郎に「千吉」と呼ばれ、ほんの少し照れくさそうに笑った。

——千吉の恋心には、見て見ぬふりをしておやり。

先刻、こそっと坊様に耳打ちされたので、文月はいつもの通り、他の子達に接するように、してみた。「千ちゃん」と、他の子供達がするように初めて呼んでみると、千吉は目を丸くして文月を見てから、すぐに、ふい、と顔を逸らした。

構わず、文月は続けた。

「昼餉《おひる》持ってきたけど、ここで小太郎様と一緒に食べる」

千吉よりも、小太郎が嬉しそうな顔をした。

千吉の返事よりも先に、千吉の「腹の虫」が、ぐう、と元気いっぱいで答えた。

千吉が耳朶《みみたぶ》まで真っ赤にした。

小太郎が、笑った。

文月も、笑った。

千吉が、驚いた顔をして文月を見た。

「姉ちゃん、笑った」

あ、私、笑ってる。おくめばあちゃんと二人きりでいた時のように、普通に、ひとりでに。

小太郎が、微笑みながら千吉に言った。

「文月さんは、診療所ではよく笑っているよ。それがしにも、他の患者たちにも。皆、文月さんの優しい笑みを見ると、安心して、病が軽くなるように感じると、文月さんが来てくれるのを楽しみにしているんだ」

思いもよらないことを言われ、文月は小太郎を見、千吉を見、自分の頬に手を当てた。

「気づきませんでした」

小太郎が首を傾げる。

「何に、ですか」

どう言えばいいのだろう。戸惑っている文月の代わりに、千吉が小太郎に答えた。

「姉ちゃん、殆《ほとん》ど笑わないんだ。だから手習塾の子達が、今日は誰が姉ちゃんを笑わせるかって遊びをしてる」

小太郎が目を瞠った。しげしげと眺められ、文月は音《ね》を上げた。

「小太郎様、堪忍してください」

「文月さん、笑うと可愛いのに」

千吉が、ぷ、と噴き出した。

あはは、と笑い声を上げ、「うん、可愛い。可愛い」と応じる。

頬が熱い。

「小太郎様も、千ちゃんも。大人をからかっちゃいけません」

背伸びして、そんなことを言ってみたが、頬と共に心が温《ぬく》もるのを止められなかった。

こほん、と、ぎこちない咳ばらいをひとつ、文月は小太郎に訊いてみた。

「卵粥は、召し上がれていらっしゃいますか」

「ええ。美味しくいただいています。先刻涼水先生も、ここ数日では一番箸の進みがいい、と」

千吉が、塩むすびを手に取りながら、もっともらしく頷いた。

「うん。小さなおのぶと同じくらいには、食ってる。けど、男子《おのこ》は、もっと食わなきゃな、小太郎様」

小太郎といると、千吉は明るい。

「ちょっとの間で、随分仲良くなったんですね」

小太郎が、嬉しそうに頷いた。

「同い年の友が出来たのは、初めてです」

卵をぶつけようとしたことを、千吉が小太郎に詫び、小太郎がつきと文月を独り占めしていることを詫び、を繰り返し、詫びの「張り合い」になった。それが妙に可笑しく、一緒に笑い出したのが、仲良くなった切っ掛けなのだという。

千吉は照れ臭そうだ。「独り占め」と言われた文月も居心地が悪かったが、坊様に「知らぬふりをしろ」と言われたので、涼しい顔で訊き流した。

小太郎が、傍らで寛《くつろ》いでいるつきを撫でながら、言った。

「千吉の話は、とても面白くて。涼水先生や手習塾の話、河童の話、寺の話。前に通いで来ていた手伝いが逃げ出した顚末《てんまつ》。それから——。塾での、父上の話」

父、右近について語った時だけ、少し寂しそうな顔をしたのは、何故だろう。右近は小太郎を気遣っていて、小太郎は右近を慕っている。大層仲の良い父子《おやこ》に見えるが。

千吉とつきが、気遣わし気に小太郎を見遣る。

千吉が何か言いかけて、口を噤んだ。飛竜頭をひと欠片《かけ》つまんで、つきにやり、残りの昼餉を慌ただしく口に放り込んで、立ち上がった。

「小太郎様、おいら、そろそろ手習いに戻らなきゃ。寺に帰る前にまた寄るよ」

「分かった」

「苦しかったら、すぐに人を呼べよ」

「ああ」

「辛抱して、せっかく治りかけた病がぶり返したら、大変だ」

「うん」

同い年なのに、兄のような口の利き方だ。小太郎はくすぐったそうに笑ってから、文月を促した。

「文月さんも忙しいでしょう。それがしは心配いりません。つきもいますし」

そろそろ、手習い部屋の昼餉が済む頃だ。昼餉の片付けを済ませたら、畑の手入れ、診療所の掃除。他の患者の世話と、小太郎の薬湯も煎じなければいけないし、夕餉の支度もある。

文月も、つきの頭を撫でながら「つき、小太郎様をお願いね」と声を掛け、千吉に続いた。

小太郎の寂しそうな笑顔が、心に残った。

「文月ねえちゃん」

二人並んで手習い部屋へ戻りながら、千吉が文月を呼んだ。

「なに」

千吉が立ち止まって、傍らの文月を見た。文月も足を止めて千吉を見返す。

「あの、ごめんな。ねえちゃんに、素っ気なくして」

気にしてない、と言いかけて、止めた。せっかく千吉から切り出してくれたのに、その言葉は千吉の次の言葉を、遮ってしまうかもしれない。

少し考えて、「うん」と返事をした。

「おいらさ。その、ねえちゃんみたいなひと、会ったことがなくて。前に来てた手伝いのおばさんとも、時々診療所に来るおんなのひととも、違ってて。なんだか眩しくって、頭ん中が、真っ白になっちまって。どういう顔をして、どんな話をすればいいか分からなくなって、それで、顰め面になった」

千吉は一生懸命言葉を選んでくれている。

だから、飾らない言葉がくすぐったかったけれど、文月も真面目に訊ねた。

「どうして、詫びてくれたの」

「小太郎様に言われたんだ。自分がどうしていいか分からない時は、相手の身になればいい。どうすれば相手が笑ってくれるか、考えればいいって」

――それがしは、千吉の顰め面よりは笑い顔が見たい。なぜ、顰め面を向けられるのか、理由《わけ》が知りたいと思うし、千吉が詫びてくれたのが嬉しかった。きっと、文月さんも、同じだと思う。

大人びた小太郎らしい言葉だ。

文月は、千吉に告げた。

「そうだったの。ありがとね、千ちゃん」

「なんで、ねえちゃんが、おいらに礼なんか言うんだよ」

ぶう、と千吉が膨れた。

「あ、ほら、また、顰め面」

ほっぺたを抓んで引っ張ると、千吉が耳朶を赤く染めた。

「あにすんだよぉ」

あ、拗ねた。可愛い。

文月は、ふふ、と笑った。

何のためらいもなく、言葉が滑り出た。

「眩しい、なんて言ってくれたの、千ちゃんが初めて、だから、ありがとね」

千吉が、驚いた顔をした。

「そうなのか」

「そうなの」

「へぇ」

千吉が、得意げに人差し指で鼻の下をしゅるりと擦った。

「あーっ」

不意に、小さなおのぶの声がした。子供達が、手習い部屋の縁側から、こちらへ向かって身を乗り出している。

「ねえちゃん、わらってるぅ」

「ほんとだ」

「ずるいぞ、千ちゃん」

「ずるい、ずるい」

口々に言いながら、子供達は楽しそうだ。

千吉が、胸を張った。

「ずるくなんかない。今日は、おいらの勝ちだ」

言うなり、千吉は子供達の元へ駆けて行った。

途中でふと立ち止まり、文月へ振り返った。

「卵も、塩むすびも、旨かった。けど、夜なべはだめだぞ、ねえちゃん」

にかっと笑って告げた言葉は、小太郎に掛けたのと同じように、兄が妹を諭すような言い振りで、文月は笑った。

今日だけで、もう一年分は笑った心地だった。

夜、借りていた医学書を返しに、文月は涼水の部屋を訪ねた。

訪いを告げようとしたところで、右近が部屋から出てきた。

「おお、文月」

出逢った頃と変わらない、闊達な笑みを向けて来る。

文月の手にある医学書に視線を向け、気さくな浪人は笑みを深くした。

「熱心だな」

「いいえ。知らないことばかりなので、せめて涼水先生や患者さんにご迷惑を掛けないようにしたい。それだけです」

「それだけ、か。相変わらず俺には素っ気ないな」

「あ、いえ、そんなつもりは」

慌てた文月を見て、右近が、面白がっている顔になった。

「そんな顔もできるようになったのは、よいことだ」

それから面を改め、切り出す。

「小太郎が、世話になっている。無理をして卵を手に入れてくれたそうだな」

私の仕事ですから。

言いかけて、止めた。

文月が小太郎を気にかけているのは、仕事だからではない。その気持ちを、なぜか「かっぱ塾」では隠したくなかった。

「小太郎様に、少しでも元気になって頂きたくて」

右近が、ほんのりと笑った。寂しそうな笑みは、小太郎とよく似ていた。

「小太郎は、少しは元気になったのだろうか」

え、と文月は訊き返した。

ほろ苦い笑みが、右近の口許に浮かんだ。

「あれは、俺には辛さを見せてはくれぬからな。息子の具合を見抜けぬ父は、いつも息子の病が抜き差しならぬようになってから、気づかされる。愚かで頼りない父を持った小太郎が不憫《ふびん》だ」

愚かで、頼りないだなんて。

ここ数日、右近の「師匠振り」を文月は垣間見てきた。

どんな時も、いつでも、右近は子供達のことを一番に考えていた。

だから、子供達の悪さが過ぎた時でも、穏やかに、じっくりと言い諭すのみで、厳しく叱ることのない師匠の言うことを、子供達は良く聞くのだ。

そんな父を、あの小太郎が「愚かで頼りない」と思うはずがない。

文月は、少しの間言葉を探した。

「元気になって欲しいのは、小太郎様だけではありません。『かっぱ塾』の子供達には、このまま、のびのびと元気なままでいて欲しい。そのために私が出来ることは、全てしようと思っています。それは涼水先生と右近様が、そうなさっているからです。小太郎様は、そういう御父上を誇りにしておいでなのではないですか」

右近が驚いたように、文月を見た。

浮かんだ笑みは、先刻よりも随分と柔らかかったが、にじみ出る寂しさは変わっていなかった。

右近は、軽く文月の肩に手を置き、何も言わないまま離れていった。

文月は、唇を噛んだ。

右近と小太郎は仲良く見えるが、小太郎は父に気を遣っているようだし、右近は負い目を感じているらしい。

そして自分は、気づいているのに何もできない。

もう少し、ましな言い様があったのではないだろうか。

「そこにいらっしゃるのは、文月さんですか」

部屋の中から涼水に声を掛けられ、はっとする。

「はい。お借りしていた医学書をお返しに来ました」

「お入りなさい」

促され、土間へ張り出した板の間へ上がり、膝をついて障子を開ける。

「失礼します」

涼水は、穏やかな笑みで迎えてくれた。

「お疲れではありませんか」

「いえ」

「あまり眠っておられないようだ」

顔を確かめながら言われ、口ごもりながら言い直す。

「前は、よくあったことですから、慣れています」

「針仕事ならば、日限までは無理をしても、着物が仕上がれば休めるでしょうが、ここは違う。子供と患者相手は休みなしです。しっかり眠るように」

なんだか、自分まで「かっぱ塾」の子供になったような心地で、文月は答えた。

「はい」

涼水が整った顔を綻ばせ、「よろしい」と頷いた。

「今日は、御坊様が手間を掛けましたね」

「あ、いえ。楽しく料理が出来ました」

涼水が、生真面目な顔で「それはいけない」と言った。

「え、あの」

坊様に料理を出したら、いけなかったのだろうか。それとも、やはり坊様の訪いを涼水に知らせた方がよかったのか。もしや、昼餉が口に合わなかったのでは
――。

ぐるぐると、考えを巡らせていると、涼水が小さく笑った。

「随分と、心の裡が読みやすい顔をするように、なられましたね。御坊様方が、私との約定を守って下さる間は、昼餉でも夕餉でも、振舞って差し上げて下さい。寺とは持ちつ持たれつ、ですから。御坊様の訪いはいちいち私に告げなくて構い

ません。いけない、と言ったのは、今日の御坊様は、大層あなたの料理をお気に召していたようだから。恐らく、明日から入れ代わり立ち代わり、大変ですよ」

やれやれ、と溜息を吐く顔まで美しい男は、そういないだろう。

感心しながら、文月は言った。

「お口に合ったのなら、よかった」

「あまり、甘やかさぬように。子供達と同じ献立で充分です」

甘やかす、とは。涼水に掛かれば、坊様も文月も、塾の子と等しなみだ。

笑いを堪えながら、文月はふと思い出した。

先だって「枝垂れの大桜」の下に、見覚えのない子がいた。

「あの」

「何でしょう」

「塾に通っていない子にも、昼餉を出して構いませんか」

涼水が、ふと考え込む顔をした。

「どんな子でしたか」

「四つ、五つほどの男の子です。『枝垂れの大桜』の下から、そっと塾の子達を楽しそうに眺めていました」

「他に、可笑しなことは」

ええと、と文月は考えた。

木から駆け下りてきたつきが、その子の頭にしがみついたことを思い出し、少し笑った。あの姿は、大層可愛らしかった。

それを伝えると、涼水は目を細めた。

「その子に、声を掛けようとしませんでしたか」

「え、あ、はい。どこの子か気になったものですから」

なるほど、と涼水は頷いた。

「それは、河童の子です。時々、遊びに来るのですよ。喜八さんの墓参りのついでででしょうか」

「え、あの。河童の子、ですか」

涼水が、笑った。

妖しい笑みだった。

「信じられませんか」

「いえ、そういう訳では——」

文月は口ごもった。

さらりと告げられた言葉、涼水の不思議な笑みに、戸惑ったのだ。

文月をからかっているのではないか、と。

涼水は、笑みを穏やかなものに変えて、言葉を添えた。

「つきはあなたが河童の子に気づいたから、頭の皿を隠してやったのでしょう。河童と知られないように。だから、次からは見かけても、知らぬふりをしておやりなさい」

ひょっとして、本当に河童の子。

涼水の口ぶりから、文月は察した。涼水が言う。

「大丈夫。ここへ来る河童の子は、人間の子供達を眺めるのが楽しいだけで、悪さはしません。滅多に人に気づかれないのに、文月さんに気づかれたのは、河童の子の失態でしたね。塾の子を眺めるのに夢中になっていたか、あるいは、大切にきゅうりを育ててくれているあなたに笑って欲しくて、敢えて気づかせたか」

「そんな、まさか」

「文月さんがよく笑うようになったのは、その子を見てからではありませんか。現に今も、楽しそうに思い出し笑いを浮かべていた」

思い返せば、そうかもしれない。

あれだけ強張《こわば》っていた頬と心が、気づけばすっかりほぐれていた。

ここの人達は、文月の愛想のなさを誰も気にしなかった。そのお蔭だと思っていたけれど。

――よかったね。笑えるようになって。

どこかで誰かが、囁いた気がした。おくめだろうか。それとも、あの子――河童の子だろうか。

なんだか泣きそうになって、文月は慌てて話を変えた。

「あの」

文月は、涼水に訊ねた。

「悪さをしないのに、どうしてここの河童は良くない噂ばかりなのでしょう」

「おや、私の話を信じましたね」

「ええと、私、先生にからかわれているのでしょうか」

あはは、と朗らかな笑い声を、涼水は立てた。

「肝の据わり様といい、あなたは本当に面白い。からかっているのかどうか、当人に訊ねる人は、あまりいませんよ」

「はあ、すみません」

褒められているのか、面白がられているのか、分からない。

涼水が、笑いを滲ませた声で、文月の問いに答えた。

「まず、ここの河童の良くない噂は、私が流しているんです」

「え、先生が」

「ええ。河童見たさの野次馬に通ってこられては、診療所と塾の邪魔になりますからね。河童の子も、気軽に遊びに来られなくなってしまう」

涼水の悪戯な口調に、文月は小さく笑った。

「私も、ここは静かであって欲しい、そう思います」

勝手なのは分かっていても、文月自身のために。ここなら、こうして笑うことができる。

心の裡を、頑なに隠さなくて済むから。

涼水は、文月の想いを後押しするように、穏やかに微笑んで頷いた。

「河童の子の話は、あなたが見たこと、感じたことが真実です。信じるも信じないも、文月さんの勝手だ」

突き放したようにも聞こえる涼水の言葉は、不思議なほどすんなりと、文月の心の深く柔らかなところに落ちていった。

あの微笑ましい猫と子供をどうとらえるか。それは文月自身が決めていいのだ。

なんだか、清々《すがすが》しい気持ちになった。

あの河童の子のお蔭ね。

そう考えていると、涼水が言った。

「河童の子に何かしたいのなら、その子がいた辺りにきゅうりを置いておくといいですよ」

ああ、それで、診療所の前の畑できゅうりを育てているのだ。

文月は思い当たった。

どうやら自分はすっかり、あの子は「河童の子」で、文月を笑わせに来てくれたのだと、信じる気になっているようだ。

「先生、楽しいお話を、ありがとうございました。沢山きゅうりが生《な》るように、丹精込めて世話します」

頭を下げ、帰りかけた文月を、涼水が「それから」と、止めた。

「あの父子のことは、暫く放っておきなさい。病なら手助けしてやれるが、心のすれ違いは、当人同士でなんとかするよりありません」

やはり聞き様によっては冷たく聞こえる言葉だ。それでも、そこには涼水の優しさが詰まっていると、文月は思った。

そして文月が、何もできない自分を不甲斐《ふがい》なく思ったのも、お見通しらしい。

「はい。先生のおっしゃる通りにいたします」

文月は笑って頷いた。

「よろしい」

涼水の返事は、温かな笑いを含んでいた。

次の朝早く、文月が南の畑に出ると、一本だけ花がらをつけた小さなきゅうりが生っていた。きゅうりの季節はまだ少し先のはずで、前の日、ようやく小さな蕾《つぼみ》をひとつだけ見つけていた。その枝だ。

そっともいで、はらはらと花びらを散らし始めた「枝垂れの大桜」の下に置いてみた。

朝餉の支度を終え、子供達が塾に通ってくる前にこっそり確かめると、小さなきゅうりは消えていて、どこから集めてきたのだろうか、丁寧に茎の長さを揃え、茎で結わえた蓮華の花が一束、置かれていた。

三話——言えないおはな

北の庭の「枝垂れの大桜」の花の頃も終わり、柔らかそうな若葉を青々と茂らせている。

文月はすっかり「かっぱ塾」と「かっぱ診療所」の暮らしに慣れ、様々な仕事を手際よくこなせるようになっていた。

相変わらず、心の裡を外に出すのが苦手で、塾に通う子供達は、毎日「今日は誰が最初《はじめ》に文月を笑わせるか」という遊びを続けている。

毎日その遊びが出来ること、「最初に」という取り決めが出来たことを考えると、我ながら、随分とよく笑うようになったものだ、と文月はくすぐったい思いに駆られる。

子供達の遊びに付き合ってやろうと、なるべく笑わないようにするのだが、思いもよらぬことを仕掛けて来るので、つい笑ってしまう。

文月が笑った、今日は誰それの勝ちだ、とはしゃぐ子供達は大層可愛くて、その様子を見てまた、笑う。

畑のきゅうりがそろそろ育ってきて、さて、河童にあげる他に、漬物でも作ろうかと考え始めた日、朝餉の片付けを終え、掃除を始めた時のことである。

北の庭、しなやかな緑の枝が風にそよぐ「枝垂れの大桜」の下に、女の子がいた。何やらもの言いたげにこちらを見ている。

文月は同じ場所で、花の見頃に一度、河童の子を見かけたことがある。

もっともそれは、涼水がきっと「河童の子」だと教えてくれたというだけで、確かな証《あかし》がある訳ではないのだが。

河童達のきゅうりで、人間の漬物を作ろう、なぞと考えてしまったから、怒って出てきたのだろうか。

――見かけても、知らぬふりをしておやりなさい。

春に、涼水にはそう言われたので、さりげなく女の子から顔を逸らした。

ちょっと見かけた限り、人の子の歳にしたら、九歳《ここのつ》か、十歳《とお》くらい。千吉、小太郎よりも大人びて見えるが、背丈や体つきからすると、それほどだろう。それに、随分といい着物を着ているようだ。

河童にも、金持ちと貧乏があるのだろうか。それとも、狸や狐みたいに化けることが出来るのかもしれない。春に見かけた子も、人の子が着るような着物を着ていた。

知らぬふり、知らぬふり。

念仏のように唱えながら、北の庭に面した縁側の拭き掃除を始める。

桜の下の女の子から気が逸れかけた時、後ろから着物の裾を、ちょん、ちょん、と二度引っ張られ、文月は仰天した。

振り向くと、そこには真っ白い猫のつきを頭に被った男の子が、文月をじっと見つめていた。

春、「枝垂れの大桜」の下にいた男の子だ。

頭、重くないのかな。

まず浮かんだのは、そんな心配。

つきは、ちゃんと爪を仕舞っているようだけれど、痛くないのかしら。

次に浮かんだのも、そんな心配。

男の子は、文月の裾を掴んでいた手を離し、頭のつきへそっと手を伸ばした。

つきが落ちないように、そんな動きだった。

ええと。

文月は、慌てて思案を巡らせた。

涼水の話では、河童は人に知られたくないのだという。

では、この子は河童ではなく、普通の、人の子なのだろうか。

姿形は、塾に通ってくる子供達と、真似をしたようにそっくりだ。

顔の形は、やんちゃで悪戯っ子の音松と同じ。確かこんな柄の小袖を持っていたと思う。丸い鼻は、小さなおのぶの面影があり、形のいい唇は千吉、敏い目は小太郎。

文月は、人の子と同じ色の瞳の中に、不思議な光が見えるような気がした。

一生懸命、皆を真似たのね。

微笑ましくて、口許が綻ぶ。

「私に、用かしら」

男の子は、喋らない。困ったように口をへの字にしてから、文月から枝垂れ桜へ視線を移した。小さな手が、「枝垂れの大桜」の女の子を指す。指の間に、透き通った膜が浮かび、すぐに消えた。

文月は男の子の手の動きにつられて、女の子に視線を遣った。

改めてしっかり見ると、地味で目立たない顔立ちと佇まいだ。なんだか、他人のような気がしなかった。

「あの女の子、坊やの友達」

訊ねながら、男の子に視線を戻すと、そこにはもう、つきしかいなかった。

また、いなくなっちゃった。

がっかりしている自分が、少し可笑しかったが、今は「枝垂れの大桜」の下にいる女の子だ。

「おはよう」

女の子に向けて、そっと声を掛けてみた。

女の子が、ぺこりと頭を下げた。

「そっちへ、行ってもいいかしら」

訊いたのは、この子が河童の子なら、いきなり近づく前に確かめた方がいいような気がしたからだ。

女の子は、「はい」と返事をした。

この子は、喋るのね。

縁側から下駄をつっかけて、「枝垂れの大桜」の下へ行く。

女の子は、落ち着いた様子で文月が近づくのを待っていた。

少し間合いをとった正面に立つと、女の子がもう一度、頭を下げた。

「すみません。勝手に入り込んでしまって」

どうやら、この子は「人の子」らしい。

先刻の男の子と比べて、文月は感じた。

何やら、もの言いたげな眼は変わらないが、改めて近くで対すると、思いつめている様子にも見える。

「私は文月」

文月から名乗ると、女の子は、「はな、と申します」と答えた。

物言い、振る舞い、着物に帯。しっかり躾《しつ》けられた、羽振りのいい商家の娘、といった佇まいだ。

そんな娘が、可笑しな噂のある「かっぱ塾」に何の用だろう。

思案を巡らせながら、文月はおはなに訊ねた。

「おはなちゃん。お腹、空いてない」

いえ、と慎ましく首を振るった時、女の子――おはなのお腹が可愛らしい音を立てた。


塩むすびと、穫《と》れたてのきゅうり――決して、まだ、おはなを河童の子かもしれないと疑っていたわけではない――を叩いて割り、かつおだしで延ばした梅肉に胡麻油を少し垂らしたもので和えただけの箸休めを、おはなは大層おいしそうに食べてくれた。

人心地ついたおはなを、文月は診療所の涼水に引き合わせた。

おはなは、「かっぱ塾」に通わせてほしいのだと、涼水に告げた。大人びて、礼儀正しかったけれど、言葉が出て来るまでに、普通の子よりも少し時が掛かった。

それは、のんびりしているというよりも、一生懸命言葉を探している風に見えた。

涼水が住まいや二親を訊ねると、おはなは、泣きそうな顔で黙って横へ首を振った。

涼水がおはなに確かめた。

「河童が出るかもしれませんよ」

「はい」と、おはなが答えた。

「怖くはありませんか」

「はい」とまた、おはなが応じた。

涼水が、にっこりと微笑んで頷いた。

「それなら、構いません」

おはなが、嬉しそうに顔を輝かせる。

「ありがとうございますっ」

「朝餉は家で済ませて来ること。塾の子達と仲良く。年下の子の面倒は、見られますか」

「はい」

「よろしい。昼は他の子と同じものを一緒に食べて貰います。そして、八つには必ず家へ帰ること。全て守れますか」

「はいっ」

弾んだ返事に、涼水が微笑んだ。

「では、そろそろ子供達がやってくる頃です。手習い部屋は、枝垂れ桜の向かいです。師匠は、お侍の花房右近様。詳しいことは年長の金太に教わるように」

また、「はいっ」、と元気のいい返事をし、丁寧に手を突き、頭を下げて、おはなは涼水の部屋を出て行った。後ろ姿も嬉しそうで、余程「かっぱ塾」に通いたかったらしい。

涼水が、文月を見た。

「あの子を、文月さんが見つけたんですか」

はあ、と文月はあいまいな返事をした。

涼水が視線で問いかけてきたので、北の庭での出来事を、かいつまんで伝えた。

涼水は、笑いを含んだ声で言った。

「おやおや。文月さんは、河童の子にも懐かれてしまったようだ」

あれは、懐かれたんだろうか。

ちょっと首を傾げたが、それよりも気になることがあった。

あの娘の素性。おはなの様子を見る限り、二親には黙って「かっぱ塾」に通うつもりであること。

「あの、よろしいのでしょうか」

そろりと切り出すと、涼水は文月の気がかりを見透かしているように頷いた。

「かまいませんよ。訳ありな子を引き受けるのが、『かっぱ塾』ですから。河童の子があなたに助けを求め、あの娘がここへ通いたいと言ったのなら、通っていけない理由《わけ》は、何もありません。あの娘の親御のことは気にしなくてよろしい。こちらが誘拐《かどわか》したという訳でもなし、八つに家へ帰る約束をしたのですから、大丈夫」

文月は、少し迷ったが「はい」と引き下がった。

正直なところ、涼水の言葉に得心したわけではない。他の手習塾ならともかく、何かと妙な噂のある「かっぱ塾」だ。

ただ、あまりに涼水が落ち着き払っているので、つい「大丈夫」という気にさせられてしまったのだ。

「涼水殿、おるか」

部屋の外で、右近の声がした。

「ええ、どうぞ」

涼水が頷くと、障子が開いて右近が顔を見せた。文月を認めて、明るい笑みを見せる。

「文月、やはりここだったか。お主に頼みがあるのだ。涼水殿、少しの間、文月を借りてもよいか」

「小太郎様のお具合でも」

慌てて訊ねた文月に、右近は、ははは、と闊達な笑い声を上げた。

「文月は心配症だな。小太郎は元気にしておるぞ」

「そう、ですよね」

文月は安堵の溜息を吐いた。

小太郎は診療所で暮らすようになってから、目に見えて喘息が軽くなって来ていた。

一時は、いつ何があってもいいようにと、涼水の部屋の側に床を支度しなければならない程病は重かったが、すぐに、日当たりが良く風が通る北の庭に面した場所に移り、田植えの前には、右近の部屋へ戻って行った。もう少し身体に力が戻れば、仲の良い千吉と共に、「かっぱ塾」で手習いが始められるだろう。

文月は、涼水からそう聞いていた筈だった。

大体、小太郎様に何かあったのなら、右近様は私より涼水先生を呼びにいらっしゃるわよね。

自分の取り越し苦労が、気恥ずかしかった。

涼水も、珍しくくすくすと、声を出して笑っている。

「小太郎の病のことではないから、心配するな。さあ、そうと分かれば急いでくれ」

相変わらず、気短で言葉が足りない男だ。

戸惑い半分、呆れ半分で文月が考えた時、涼水が微苦笑交じりで右近を窘めた。

「右近様、用向きくらいは教えて下さいませんか。文月さんには色々お願いしてありますし、文月さんも戸惑っています」

ん、と少し考える素振りを見せ、右近は言った。

「俺は、話さなんだか」

呆れた。

文月は心中でぼやいてから、「ええ、何も伺っていません」と応じた。

右近が、ぽりぽりとこめかみを掻きながら、その場に胡坐を掻いた。

「すまん、すまん。子供達を待たせておるのでな。文月に頼みと言うのは、今日から通ってきておる、おはなのことだ。文月が連れてきたのだろう」

「いえ、私が、連れてきたのでは——」

「そうなのか。おはなは、文月のお蔭でここへ通えるようになったと、言っておったぞ」

右近は首を傾げたが、「まあ、いい」と頷いた。

「そのおはなに、縫物を教えてやって欲しいのだ」

「縫物ですか」

うむ、と右近が頷いた。

「あの娘、通っておった手習塾で、既にかなり難しいことまで学んでおったようだ。そういう子を教えるには、手本や書物、少しばかり前もって支度をせねばならん」

勉学は明日から始めることにして、今日何かやりたいことはないか。右近は、おはなに訊ねたのだそうだ。

おはなは、目を輝かせて答えた。「縫物」を習いたい、と。

「それは、いい」

応じたのは涼水だ。

「患者の夜着づくり、私や子供達の着物の繕い、どれを見ても、文月さんの裁縫の腕前は大したものだ。おはなも喜ぶでしょう」

確かに、いつかは「かっぱ塾」で針仕事を教えられたらいいなと、文月も思っていた。

今はそういう年頃の娘が塾にはおらず、そのうち、小さなおのぶがもう少し大きくなったら、と考えていたのだ。

文月は、涼水を見た。

「少しの間、おはなちゃんのお裁縫を見てあげてもいいでしょうか」

涼水が微笑む。

「今日は診療所の仕事は私がやりましょう。おはなについてやってください」

それから、少し顔を顰めて、「ただ」と付け加える。

「昼餉の支度は、お願いします。きっと、今日も御坊様方がおいでになるでしょうから」

右近が、人の悪い笑みで涼水をからかった。

「お主がつくればいいではないか。文月が来る前は、そうしておったのだろう」

「御坊様方に何を言われるか分かりません」

「お主なら、文句を言うなら食うな、と言い返しそうだが」

「御坊様方だけなら、それもひとつの策ですが、患者や子供達の体調にも関わりますので」

右近が、少し黙って、「お主、どんな料理をつくっておったのだ」と、ぼやいた。

文月は、笑いを堪えながら二人の遣り取りに割って入った。

「昼餉の支度は、必ず」

普段よりも力を込めた様子で、涼水が頷いた。

「頼みます」

頼まれたのは、おはなの手習いか、それとも、昼餉だろうか。

気になったが、文月は聞かないでおくことにした。


おはなは、縫物をしたことがないようだった。

町場の娘にしては、珍しい。

早くから習わせる母親も多いが、大人の真似をして、料理や裁縫を自分からやりたがる子が多い。文月も、「ひとりままごと」をして遊んだし、遊びでは物足りなくて、裁縫を教えてくれと、よくおくめにせがんだものだ。

おはなの手つきは、随分とたどたどしく、文月は、幾度も指を刺さないよう、針と布の持ち方を直さなければいけなかった。

まずは手拭いに、綺麗な縫い目をつくるところから始めたが、おはなの縫い目は見事な程がたがたで、文月の手本と見比べては、おはなは溜息を吐いた。

それでもおはなは、大層楽しげで、教える文月も楽しんだ。

手習いをひと休みして、文月が昼餉の支度に勝手へ向かうと、金太が追ってきた。

「文月ねぇちゃん」

自分がやって来た方を気にしながら、小声で声を掛ける。

「どうしたの」

「おはな、本当にここに通うのかな」

「ええ、涼水先生もお許しになったから」

「どうして」

「どうして、って」

さてどう答えようか。河童の子が知らせたから、とか、おはなが思いつめていた様子だったから、とは、まだ言えない。文月は言葉を探した。

「おはなちゃん、この手習塾がいいんですって」

「ほんとに、それだけ」

　金太が、疑わし気な目で文月に訊いた。

　文月は、金太の顔を見返した。

「ひょっとして、金ちゃん、何か知ってるの」

　金太が文月に一歩、近づいた。

　また、周りの様子を確かめてから、声を潜めて告げる。

「おはな、万屋《よろず》のお嬢さんだよ」

　金太は、曹源寺の西、下谷山伏町《したややまぶし》にある長屋から、「かっぱ塾」へ通っている。あまり家にいたくないようで、いつも一番でやって来て、他の子供達が帰ってから、文月の手伝いをしてくれているのだ。

　町場暮らしだから、「かっぱ塾」周辺のあれこれや、噂話にも明るい。

　文月は、訊き返した。

「万屋って」

「下谷山伏町の仏具の大店で、うちの長屋の家主。おはなはそこの下の娘だよ。姉ちゃんは、四つ年上の器量よし。ゆくゆくは下谷小町だって言われてる、お紺《こん》さん」

大店の娘さんだったの。道理でいい着物を着ている筈だわ。

一人得心していると、金太がぽつりと呟いた。

「なんで、あの金持ちの娘が、『かっぱ塾』に来たいんだろ」

その言葉には、「金持ち」に対する羨望《せんぼう》も妬《ねた》みもなかった。不思議で、どんな事情があるのか気がかり、そんな思いだけが伝わってきた。

金ちゃん、いい子ね。

「あ、ねえちゃん、笑った」

嬉しそうに金太が呟いた。それから口を尖らせて不平を言う。

「皆がいるとこで笑ってくれれば、今日はおいらの勝ちだったのに。ねぇ、ねぇちゃん。みんなに言ってよ。今日は金太の勝ちだって」

「知らない。笑った覚えなんてないもの」

「あー、ねえちゃん、意地悪だ」

他愛のない遣り取りをして、二人で顔を見合わせ、笑いあった。

ひとしきりふざけた後、文月は笑いを収めて金太を呼んだ。

「ねぇ、金ちゃん」

「何」

「みんなは、知ってるの。おはなちゃんの家」

「うーん、多分知らないと思う。いいとこのお嬢さんだから、おいら達とは遊ばないし、気軽に出歩きもしない。華やかなお紺さんに隠れて、おはなは影が薄いから。あっちも、おいらのこと知らないみたいだった」

「そう。じゃあ、しばらくみんなには内緒にしておいてくれないかな」

おはなが涼水にも言いたくなかったことだ。どんな経緯があるのか分からないが、少しの間、知らない振りをしておいた方がいいだろう。

　金太は軽く言い淀んだ。

「いい、けど。おはなが金持ちんとこの子だってのは、皆分かっちゃってるよ。おのぶや下の子達は、おはなの着物が綺麗だってはしゃいでたし、上の奴らは何にも言わないけど、自分達と違うってことは、気づいてる」

「それを、気にしてる子はいる」

　言葉を選んで訊ねたつもりだった。それでも金太は、少し目元を厳しくして言い返してきた。

「いないよっ、おはなを虐めたり、からかったり、遠ざけたりする奴なんか。『かっぱ塾』では誰が来ても皆仲良く。自分がされて嫌なことは、他の子にはしちゃいけない。『かっぱ先生』の言いつけだから」

いつも穏やかな金太の剣幕に、文月は内心驚いた。

すぐに、

「ごめんね。そうだよね」

と詫びる。

ここは、訳ありの子と訳ありの患者があつまる場所だ。金太も何か「訳」があるのだろう。

金太は、ばつの悪そうな顔になって、「ごめん」と応じた。

「姉ちゃんは、おはなのこと心配してるだけだって、分かってたのに。おいら、大声出した」

文月は、金太の肩を、ぽんぽん、と二度叩いてから告げた。

「おはなちゃんが自分から言う気になるまで、知らない振りしておいてあげて。

お願い」

金太は、「分かった」と頷くと、「もう戻らなきゃ」と呟き、駆け出した。

文月が勝手から出て見送っていると、ふと立ち止まって、おどける。

「今日は、おいらの勝ちだからね」

文月は、小さく笑って、頷いた。

おはなは、器用でもなければ、呑み込みが早い方でもなかった。

なかなか、手拭いを使った運針《うんしん》から先へ進めずにいるが、それでも、丁寧に、一生懸命、針を動かしていた。

右近が教えているのは、算術だ。

おはなが、書や読み物、短歌よりも、算術がやりたいと言ったのだそうだ。

千吉と文机を並べて、算盤《そろばん》も習っている。時折覗いて眺めていると、たどたどしい指で算盤を弾く度、ぱち、ぱち、と軽い音が聞こえている。

千吉に比べてのんびりした音だ。

何より、裁縫を教わる時も、算盤を弾く時も、きらきらと目を輝かせているのが、文月は嬉しかった。

おはなは口数は少なかったが、子供達にもうまく溶け込んでいるようだ。

おはなが「かっぱ塾」に通い始めてから八日。その日は、子供達の異変に真っ先に気づく白猫のつきが、朝からおはなの後ろをついて回っていた。

おはなは、相変わらず楽し気にしていたし、子供達とも仲良くやっていた。

手拭いの運針は、今までで一番いい出来だった。

昼餉も、美味しそうに食べてくれた。家で食べているものよりも、質素なはずなのに。

八つの少し前。いつもなら、遊んだり、残ってもう少し手習いを続けようとしている他の子達を羨ましそうに横目に見ながら、おはなが文机や算盤を片付けていた頃合いのことだ。

勝手で野菜を洗っていた文月の元へ、千吉が飛んで来た。

「ねぇちゃん、おはなちゃんが、大変だ」

文月は、手を止めて立ち上がった。

「大変って、何があったの」

「知らないおばさんが来て、おはなちゃんを連れ去ろうとしてるっ」

「右近様と涼水先生は」

「お師匠様は、急に熱出したおのぶを、寺まで送りに行ってる。涼水先生は、診療所にいないんだ。もしかしたら、急な往診に出てるのかもしれない。おいら達は、みんな部屋から追い出されて、縁側にいる」

文月は、駆け出した。

「知らないおばさん」の正体が知れない以上、無造作に割って入れない。まずは様子を確かめなければ。縁側に追い出されたという子供たちも心配で、勝手から北の庭へ回って、手習い部屋へ急ぐ。

部屋の前の縁側では、子供達が身を硬くして寄り添い合っていた。その周りを、つきが心配そうに、動き回っている。

いつもなら、子供達をなだめる年長の金太も、硬い顔で、閉められた障子へ目を向けていた。

文月が庭から縁側へ上がり、金太に近づくと、部屋の中から聞き覚えのない女の声が聞こえてきた。

声音《こわね》が厳しいのは分かるが、何を言っているのかまでは、はっきりと聞き取れない。

金太が文月に囁いた。

「姉ちゃん。あのおばさん、万屋の御内儀さん」

「え」

文月は金太を見た。金太が硬い顔で頷く。

「そう。おはなの母ちゃん。あいつ、やっぱり家に内緒で、ここに通ってたみたい」

どうしよう。

文月は、すっかり固まってしまった。

おはなを、他の子供達を守らなければと、夢中で駆け付けた。だが、相手がおはなの母親なら、自分が口を挟んでいいことなのかどうか。

すると、中からもうひとり、別の女の声が聞こえてきた。

金太に訊く。

「他に、誰かいるの」

「うん。お紺さんも来てる」

お紺は、おはなの姉で、金太の話では、ゆくゆくは小町だともてはやされている、器量よしで華やかな娘だ。

「なぜ、そう聞き分けがないのっ」

癇性《かんしょう》な声が、はっきりと響いた。

縁側の子達が、一斉に身体を硬くした。小さな子は、怯えた目をして文月を見た。

ここは、様々な経緯を抱えた子達が、のびのびと過ごせると、安心して通ってくる塾だ。

その場を壊してはいけない。

矢も楯《たて》もたまらず、文月は障子を開けた。片付けかけの文机や、手習い帳、筆、算盤があちこちに点々と散らばっている。

眼に涙を溜めたおはなが、文月に助けを求めるような視線を送った。

部屋に入って居住まいを正す。

三十を少し過ぎたくらいだろうか、おはなの差し向かいに座っている女が、文月に鋭い目を向けた。金太の言う、「おはなの母ちゃん」だろう。その斜め後ろに、哀しそうな顔をした娘。大層な器量よしだ。これがおはなの姉の、紺。

母親が、棘《とげ》のある声で文月に言いつけた。

「邪魔をしないで頂戴」

心の臓が、どくん、と厭《いや》な音を立てた。

見慣れていた筈だ。

自分に向けられる、冷ややかで、蔑《さげす》むような目。

だから、大丈夫。

文月は、下腹に力を入れて、口を開いた。

「あの――」

「すぐに出てお行き、気の利かない奉公人ね。私が娘と大切な話をしているのが、分からないの」

ぴしりと言いつけられ、文月は怯んだ。

そろりと、お紺が母親に声を掛けた。

「おっ母さん、そんな言い方——」

「お紺は、黙っておいで」

厳しい物言いで上の娘を黙らせてから、すぐに柔らかな声に戻って諭す。

「お前は、何も心配しなくていいの」

それから、母親は文月ではなく目の前のおはなに視線を据えた。もう、文月が言うことを訊いて、すぐに部屋から出て行くと、思い込んでいるのだ。

「こんなところにいる訳を言いなさい」

おはなは、うつむいたまま答えない。

「返事を、おしっ」

声を荒らげた母親を、文月は止めた。

「大変申し訳ありませんが、もう少し穏やかに話をしていただけませんか。子供達が怯えています」

ゆっくりと、母親が文月を見た。

苛立ち、怒り、侮蔑。厭な光が、母親の目の中に閃《ひらめ》く。

目立たぬように、波風を立てぬように。「かっぱ塾」へ来る前は、ひたすらそうやって過ごしてきた文月にとって、今向けられている「敵意」は恐ろしくてたまらなかった。

それでも、その「怖《おそ》れ」はきっと、誰にも気づかれていないだろう。

心の揺れを表に出さない。

おくめと二人、長屋で暮らしていた時に身に着けた、文月の「穏やかに生きる術」だ。

「お前、名は」

再び高飛車に訊ねられ、文月がなんとか答えようと自身を叱咤《しった》した時、縁側からおっとりとした声が掛かった。

「他人様《ひとさま》に名を訊くのであれば、まずご自身が名乗られるのが、筋ではないかな」

部屋にいた皆が、はっとして縁側を見た。

そこには、にこにこと笑みを浮かべた坊様が二人、立っていた。

どちらも、四十半ば、「かっぱ塾」に足繁く通ってくる「御坊様」方だ。

ひとりは、ひょろりと背が高く、ひとりは小柄で小太り。二人とも、今日の昼餉を摂りに来ていた。

背丈はまるで違うが、心がほっこりするお地蔵様のような笑みはとてもよく似ている。

子供達は、御坊様方の後ろに隠れる格好で、こちらの様子を覗っている。

皆随分と安心した様子で、文月もほっと体の力を抜いた。

「部屋へ入っても構わぬかな、文月さん」

名指しで訊ねられ、文月は思わず「どうぞ」と答えた。

二人の御坊様方は一度合掌すると、手習い部屋へ入り、文月の傍らに二人並んで腰を下ろした。加勢してくれているようで、心強い。

「御坊様方、どうされたのですか」

文月は、安心したのも手伝って、坊様二人に声を掛けた。

二人がにっこりと笑って答えた。

「頂戴した昼餉が、大層美味であったのでね」

今日の昼餉は、残っていた里芋を使ってしまおうと、けんちん汁にした。

子供達は、ただの里芋より団子にした方が喜ぶ。

茹でた里芋を熱いうちに潰す。そこに白玉粉を入れ、塩梅《あんばい》を見ながら水を加えてよく混ぜる。出来上がった種を丸くして少し潰し、こんがりと炙《あぶ》れば、もっちりと柔らかな、里芋団子の出来上がりだ。

「かっぱ塾」の勝手には、白玉粉に黒砂糖まで揃っていたのは驚いたが、暑くなったら子供達に、振り売りが売るような白玉入りの冷や水を作ってやろうと、文月は考えた。

団子の他の具は、蕪《かぶ》、椎茸、豆腐。昆布出汁に白味噌であっさりと味付けをし、仕上げに、少し若かったけれど、彩《いろどり》に畑で取れた隠元《いんげん》を添えた。

里芋団子は、子供達よりも坊様が喜んでいたのを、文月は思い出した。

背の高い坊様が言う。

「夕餉は、昼餉の残りで雑炊にする、と文月さんが言っていたのを耳にしてね」

小柄な坊様が、続きを引き取る。

「団子も美味かったが、雑炊もまた、美味だろうと」

「そう。それで二人、連れ立って」

「あの」

おはなの母親が、嬉しそうに遣り取りをしている坊様方に割って入った。顔には、あからさまな苛立ちと憤りが浮かんでいる。

なぜ、自分に許しを得ずに、このみすぼらしい小娘に訊ねたのだ。

苛立ちの理由《わけ》は、恐らくそんなところだろう。

母親は、言葉だけ改め、きりきりと訊ねた。

「どちら様でしょう」

「坊主です」

「そう、坊主」

二人は、顔を見合わせて、うん、うん、と同じ間合いで頷き合った。

仲の良い子供達が、互いに「ねー」と息を合わせて言い合う様によく似ていて、
文月は笑いを堪えた。

「どちらの、御坊様でいらっしゃいますか」

背の高い坊様が、小首を傾げた。

小柄な坊様が、じっと母親を見据えた。

どちらもほっこりした佇まいは、変わらない。

それでも、文月は察した。

坊様方は、この母親に問うているのだ。

先刻、自分達が言った言葉——人に名を訊ねるなら、まず自分から名乗れ——を、思い出しなさい、と。

そしてそれは、母親にも伝わったようだ。

顔を青くして、母親は軽くその場に指を突き、頭を下げた。

「下谷山伏町仏具屋『万屋』の女房、すぎでございます」

にこにこと、小柄な坊様が笑みを浮かべ、訊ねた。

「では、おすぎさん。お前さんは、誰に許しを得て、ここへ上がり込んでおられるのかな」

おすぎが、狼狽える。

「そ、それは、その。娘がお邪魔をしておりましたので」

「ふむ。確かに、下の娘御は、ここの主に出入りを許されておる」

「では、おすぎさんと、そちらの娘御も、そうですかな。親御さんもどうぞご随意にと、ここの主は申しましたか」

「いやいや、あの偏屈でこ煩い医者が、人間の大人に対し、鷹揚《おうよう》なことを許すはずがない」

坊様方が、気の合った様子で代わる代わる言葉を継ぎ合う。

「いかがですか」と、更に問い詰められ、すぎは渋々「いえ」と答えた。

「勝手に上がり込んだ、という訳ですか」

おすぎが、気まずげに俯いた。

坊様方が、更におっとり畳みかける。

「勝手に上がり込んだ者が、ここで暮らしている文月さんに向かって、部屋を出て行け、今は自分が使っているのだ、そう、おっしゃったと」

「ほほ、これは、面妖《めんよう》な」

「面妖な、面妖な」

「加えて、まるで主のような口ぶりで、文月さんを叱りつけ、指図をしなさる」

「文月さんは、『万屋』さんの奉公人でしたかな」

「いやいや、文月さんはここで涼水殿にこき使われていますから。そのようなゆとりは、とても、とても」

たまらず、といった体《てい》で、おすぎが口を挟んだ。

「わ、わたしは、決してそんなつもりでは——」

ほほう、と小柄な坊様が、おすぎの話の腰を、おっとりと折った。

「では、『万屋』さんの御内儀は、奉公人でもない、会ったばかりの娘さんに向かって、日頃から『気が利かない』と蔑んだり、『お前、名は』などと訊ねたり、しておられるのかな。では、奉公人はどれほど、ぞんざいに扱われているのか」

背の高い坊様が、哀し気に溜息を吐き、経を唱え始めた。

それに、小柄な坊様が続く。

ぴたりと息が合った二人の読経は、耳に心地よく響いたものの、いたたまれない気持ちが勝っていた。

坊様は、容赦なくおすぎをやり込めているし、おすぎは、顔色を失くし声もない。かと言って、立ち去る様子もない。

文月には、どうやってこの場を収めればいいか、分からない。

ど、どうしよう。

狼狽えて視線をさ迷わせた時、土間に面した障子が開いた音がした。

おすぎが、ぽかんと口を開けてそちらを見、次いで頬を染めた。

土間に背を向けて座っていた文月は、はっとして振り返った。

そこには、涼水の美しい立ち姿があった。

「それくらいにしておいてくださいませんか、御坊様方」

庭の縁側では、子供達が右近に纏わりついている。これからどうなるのか、不安だったのだろう。

子供達の頭を撫でたり、声を掛けたりしながら宥めている右近がこちらを見た。小さな頷きは、文月をねぎらったのか、励ましたのか。どちらにしろ、今纏わりついている子供達と同じように、右近と涼水が戻って来てくれて、文月はへたり込みそうなほど、安堵していた。

涼水は、おすぎとお紺に一瞥《いちべつ》もくれはしない。

「勝手に上がり込んで我が物顔で振舞った上に、私の大切な身内を、『奉公人』扱いした無礼者をやり込めてくだすったのは、礼を言います。ですが、そろそろ怯えている子供達を安心させてやりたい」

身内。身内って、誰のことだろう。私。ううん、きっと、聞き間違い。

弾む胸を文月が宥めている一方で、おすぎの頬に、先刻と違う色合いの赤が上った。

怒りの色だ。

「お前様が、この塾の主ですか。娘のはなを、どうやって誑《たぶら》かしたんです」

涼水の耳には、おすぎの罵倒はまるで届いていないようだ。

綺麗な笑みをはなに向け、促す。

「おはな。そろそろ八つ時ですよ。支度をして帰りなさい」

おはなは、訴えかけるように涼水を見た。

このまま、帰りたくない。今帰ったら、二度とここへは来られない、と。

涼水が、おはなを穏やかに諭す。

「約束しましたね。八つには家へ帰る、と。また明日、いつもの刻限にいらっしゃい」

その言葉に、おすぎが腹を立てた。

「また明日、ですって。私は、娘に、こんな薄気味悪いところでの手習いを許した覚えはありません。それをまあ、よくも勝手に――」

坊様方が、楽し気に口を挟む。

「勝手に、と」

「ええ。主の留守中、勝手に上がり込んだ女人が」

「面妖な」

「ええ、面妖な」

おすぎが、悔しそうに口を噤んだ。

右近が、縁側で豪快に笑った。

涼水が、ようやくおすぎへ視線を遣った。冷ややかな笑みを口許に刷《は》く。

これだ。涼水が心底腹を立てている時に見せる、恐ろしい笑み。

「そろそろ、お帰りなさい。御坊様方にこれ以上やり込められたくなければ」

それから、思い出したように「そうそう」と、付け加える。

「こんな薄気味悪いところに長居をすると、上の娘さんの尻子玉を、河童が抜きに来ますよ。おはなには私がここへ来る許しを出しましたから、河童達は悪さをしませんが」

ひ、と小さな悲鳴を上げて、おすぎが立ち上がった。

大慌てで、お紺の手を引いて立ち上がらせ、おはなを叱りつけ、そそくさと逃げ出そうとした。

母に手を引かれながら、お紺は哀しそうな目で、涼水に詫びた。

「失礼を、どうぞお許しください」

それから、「今日は帰ろう、おはな」と、妹を優しく促した。

文月が頷きかけてやると、ようやくおはなは、母と姉の後に続いた。

ようやくいつもの緩やかな気配が、部屋に戻ってきた。

背の高い坊様が、涼水に言った。

「ようやく、お戻りなされたか、涼水殿」

小柄な坊様が続く。

「右近殿もお前様も留守の間、文月さんは、おひとりで奮闘されていたのですよ」

文月は、そんな、と首を横に振ったが、にっこりと坊様に微笑みかけられ、照れ臭くなって俯いた。

小柄な坊様が言った。

「それにしても、涼水殿にしては、珍しい」

「そう、随分と大人しい物言いでしたな。河童の話を引き合いに、あの内儀を脅したただけ、とは」

涼水が、恐ろしい笑みのまま、言い返した。

「御坊様方が、楽しんでおられたので、お任せしたまでです。偏屈でこ煩い医者まで出張っては、かえってこじれますから」

背の高い坊様が、おどけたように肩を竦めた。

「おや、涼水殿はお腹立ちか」

「拙僧達は、偽りは申しておらぬのに」

坊様方が、また顔を見合わせて、「ねー」という風に頷き合う。

だめだ。もう、辛抱が利かない。

文月は、つい、笑ってしまった。

千吉がはしゃいだ。

「わあ、ねぇちゃんが笑った。今日の勝ちは、御坊様だぁ」

金太が慌てて異を唱える。

「おいらのが、先だ。さっき勝手で、ねぇちゃん、笑ったんだぞ。ねぇ、文月姉ちゃん」

坊様も交ざって、子供達がわあわあと、楽し気に騒ぎ始めたのを遠目に眺めていると、いつの間にか右近が側に来ていた。

「よく、やったな、文月。少しの間、と思って留守をしたのだが、間が悪かった。すまん」

涼水も、すぐ側に腰を下ろし、頷く。

「ええ。文月さんがとてもよくやって下さるので、油断しました。申し訳ない」

「お二人とも、止めて下さい。私はまったく、役に立ちませんでした。御坊様方が加勢してくださらなかったら、どんな騒ぎになっていたか」

涼水が、苦い溜息を吐いた。

「確かに、御坊様方には助けられましたね。面倒なことに」

「面倒って、そんな、先生」

涼水は、大きく頷いた。

「面倒です。今までに増して、いそいそと通ってくるでしょうから。あれが食べたい、これが食べたいと、献立にも口を出してきそうだ。また色々買い揃えておかなければ」

文句を言いながら、涼水は楽しそうだ。

勝手に、白玉粉や黒砂糖まで置いてあるのは、ひょっとして涼水自身が、楽しんでいるのかもしれない。

涼水が目を輝かせた。

「文月さんなら、いずれ子供達に白玉冷や水なぞ、作ってくれるかもしれないと買っておいたのですが、まさか里芋団子にしてくれるとは、思いませんでした」

右近も加わる。

「ああ、今日の昼餉は、とりわけ美味かった」

「ありがとうございます」

手放しで褒められ、照れ臭かったが、文月はすんなりと礼が言えた。

食が細くなったおくめの箸が、なんとか少しでも進むものを、と料理を工夫するのが、楽しかった。

それが役に立っている。おくめの側にしか居場所がなかった自分に、居場所を与えてくれている。

ばあちゃん。ばあちゃんのお蔭だね。

文月は、そっと心の裡で、おくめにも礼を言った。

涼水と右近は、いっそのこと小豆《あずき》も仕入れようか、それなら、子供達に柏餅《かしわもち》を食べさせてやりたい、と和やかな遣り取りを始めていて、水を差すのは憚《はばか》られたけれど、「あの」と声を掛けた。

「おはなちゃんは、どうなるのでしょう」

涼水が困り顔で文月を見返した。

それまで、半分遊びながら賑やかに片づけをしていた子供達が、一斉に黙った。心配そうにこちらを見ている。

涼水が静かに答えた。

「親に黙って通っていたのですから、叱られるでしょうね」

右近が渋い顔で頷いた。

「おはなは、既によく学んでいた。恐らく元々通っていた手習塾へ行かず、こちらへ通っていたのだろうしな」

やんちゃな音松が寂しそうに呟いた。

「おはなちゃん、もう来ないのかな」

千吉が、ぶっきらぼうに言い返す。

「迎えに来てくれるおっ母さんがいるんだ。ここには来ない方がいい」

背の高い坊様が、千吉を宥めた。

「おはなは、千吉や皆に仲良くしてもらえて、嬉しかったであろうな」

小柄な坊様が続く。

「恵まれた家の娘でも、友は要る。自ら選んで訪ねた塾で、良い友に巡り合えて、さぞ楽しかったであろう」

千吉が、ぽつりと呟く。

「そう、かな」

「そうとも」

坊様二人が、揃ってうんうんと、頷く。

音松が、千吉に話しかけた。

「おはなちゃん、また来てくれるといいね」

千吉が、小さく頷く。

右近が、手を二度叩いた。

「さあ、帰る支度をしなさい」

はぁい、と元気のいい返事をして、子供達が動き出した。

音松と千吉が、何か言い合っている。

おのぶが置いて行った玩具を片付ける金太に、右近が声を掛けている。

「先生」

文月は、小さな声で涼水を呼んだ。

「何でしょう」

「先生は、おはなちゃんが『万屋』のお嬢さんだって、ご存知だったんですか」

涼水が微笑んだ。文月は続ける。

「親御さんに知れたら大騒ぎになるのを見越して、それでもおはなちゃんがここへ通うのを許したんでしょうか。ここへ通うことが、おはなちゃんのためになったのでしょうか。先生は、また明日とおっしゃった。おはなちゃんは、明日からまた、ここへ来られるのでしょうか」

くすりと、涼水が笑った。

「文月さんは、おはながもうここへは来ない方がいいと考えているのでしょうか。それとも、また来て欲しいと思っている。どちらでしょう」

文月は、はっとして唇を噛んだ。

散らかっている問いなのは分かっていた。

おはなは、「かっぱ塾」で楽しそうに学び、子供達と遊んでいた。

とはいえ、「かっぱ塾」に通うことで、「大店の娘」としての先行きに障りが出る心配を考えると、手放しで「おいで」とも、言ってやれない気がした。

文月は、会ったこともない親に纏わる噂だったから、避けようがなかった。もっとうまく立ち回ればよかったのだろうか、と考えることはあるけれど。

口さがない噂を引き寄せる種は、避けられるなら避けた方がいい。

少し考えて、首を横へ振る。

「分かりません」

涼水は黙ったままだ。開いた間が辛くて、文月は言葉を重ねた。

「おはなちゃんの望みが少しでも叶えばいい。幸せなら、いい。そう思います」

涼水が、視線を賑やかな子供達へ向けた。

「おはなの望みは、恐らく『かっぱ塾』へ通うことでは、ないのでしょう」

「え」

訊き返した文月へ、涼水は不思議な光を目に宿し、微笑むのみだった。


次の日の朝、おはなの代わりに「かっぱ塾」へやってきたのは、姉のお紺だった。おはなは、女中に付き添われて、前に通っていた、お紺と同じ手習塾へ行ったそうだ。

お紺は、涼水と文月に話があるという。

未だ、目立ったり、人と関わることが苦手な文月は遠慮しようとしたが、涼水にも促され、仕方なく涼水の部屋で、お紺の話を聞くことになった。

お紺は、おはなより四歳《よっつ》上の十三。おはなと同じで、少し大人びて見える。

ここへは、はっきりと二親に告げてきたそうだ。

涼水が穏やかな顔で、つけつけと訊ねた。

「あの母御をよく得心させましたね。河童に尻子玉を抜かれると、止められませんでしたか」

お紺は佇まいも受け答えも、大層落ち着いていて、大人顔負けだ。

「昨日の無作法のお詫びをしておかないと、うちの商いに障るのではと、父に打ち明けました。こちら様は、周りの御寺様と深い関わりをお持ちのようでしたので。母が伺ったのでは、また諍いになると、父が渋い顔をしたので、私が参りました。河童は、父がくだらないことを言うなと、母を叱りました。私も、こちらの河童は、曹源寺様のゆかりの河童で、治水を手助けしてくれた河童だから、心配いらないと伝えました」

私より、きちんとしてる。

文月は、酷く感心して、お紺の美しい顔をそっと見遣った。

涼水は、そうですか、と頷いた。

「父御は、お紺さんに信を置いておられるようですね」

お紺が、少しはにかんだ様子で、「いいえ」と笑った。

昨日、子供達が帰ってから涼水に教えて貰った話だが、「万屋」には跡取り息子がなく、子はお紺とおはなの二人だけ。いずれお紺が婿をとることになるだろうが、父親は秀でた才を持つお紺を大層買っていて、婿よりもお紺に店を任せたいらしい。お紺もそのつもりでいるようだ。

一方の母親は、美しいお紺をひたすら猫可愛がりしていて、大店の要として、時には厳しく育てようとする父親と、よくぶつかっているそうだ。

細やかで抜かりのない涼水のことだ、きっと、おはなが「かっぱ塾」に通い始めてすぐ、調べたのだろう。

そしてそれは、「かっぱ塾」を守るためだけではなく、おはなのためでもあったに違いない。

だから文月は、涼水が昨日言った「おはなの望み」が何なのか、気になった。

お紺が、文月を見て微笑んだ。

「こちらで、妹はとても楽しく過ごさせていただいたようです。とりわけ、文月さんに縫物を教わるのが、本当に嬉しかった、もうひとり、姉さんが出来たようだった、と打ち明けてくれました」

「おはなちゃんが、そんなことを」

目を輝かせて、一心に運針を続けていたおはなの様子を思い出し、文月は切なくなった。

「おはなは、ここへどうやって通っていたのですか。大人やあなたの目を盗むような子ではないでしょう」

涼水の問いに、お紺が頷いた。

「私が手助けしていました。女中を従えて歩くのは、大仰に見えて嫌だったので、姉妹二人だけで塾へ通っていましたから」

＊

お紺とおはなは、同じ手習塾へ通っていた。

ある日、いつものように二人で塾へ通う途中、おはなが立ち止まってしまった。

お紺はおはなの様子で、おはなが塾へ行きたくないのだと察した。

だから、今日一日、好きに遊んでおいで、とおはなを送り出した。

塾には、おはなが熱を出したと偽った。

次の日も、おはなは足を止めた。

前の日と、顔つきが違う。行きたいところが出来たのだと、お紺は思った。

だから、おはなを行かせる振りで、後を追った。

おはなの行く先は、「河童が通う」と噂の「かっぱ塾」だった。危なっかしい足取りで、竹垣を越え、枝垂れ桜だろうか、大きな木に隠れて、楽し気に学び、遊ぶ子供達を眺めていた。

ここで、手習いをしたいのかしら。

お紺は改めて、「かっぱ塾」を眺めた。河童の姿はどこにもない。子供達を纏めているのは、「万屋」の裏長屋に住んでいる男の子だ。

あの子は、しっかりしていると、お紺の父が褒めていたのを思い出した。名は、金太。

金太が通っているなら、心配ない。

お紺は、おはなをここへ通わせてやりたいと思った。

今の塾は、お紺が望んで通わせて貰っている。だからお紺は楽しいが、のんびり屋で大人しいおはなには、窮屈なのかもしれない。

おはなが帰ったら、ここの先生に頼んでみよう。

そう思っていた時、優しそうな娘が、おはなに声を掛けてくれた。

そっと見守っていると、あっという間におはなは、塾に招き入れられ、縫物の手習いを始めた。

たどたどしい手つきで針を扱う様子が、お紺は心配だったけれど、おはなが針で怪我をする前に、縫物の師匠がさりげなく止めてくれていたので、すぐに胸を撫でおろした。

お紺は、急いで自分の塾へ向かった。

まず、塾の師匠を誤魔化さなければならない。

おはなが「かっぱ塾」へ通えるよう、父を得心させるには、時と思案が要る。

その日、行き合う約束をしていた近くの稲荷《いなり》へ、顔を輝かせて戻ってきたおはなに、お紺は伝えた。

おはなが「かっぱ塾」へ通いたいのは分かっている。

「姉さんが、なんとかしてあげるから」

目の前の娘は、本当に十三なのだろうか。

文月は、お紺の大人びて美しい顔を、まじまじと見つめた。

お紺には、考えにも動きにも、何の迷いもない。まるで、年上の女の話を聞いているようだ。

＊

お紺は、「かっぱ塾」へ通うまでの経緯を語り終えた後、面を改め、涼水に向き合った。

「先生にお願いがございます。これからも、妹をこちらに通わせては頂けませんでしょうか。はなに算術と裁縫を続けさせてあげてください」

姉妹が通う塾は、武家の妻女がひとりで師匠をしている。裕福な家の女の子のみを相手に、読み書きの他、「女人のたしなみ」となる書物を学び、行儀作法に琴、生け花を、みっちりと身に着けさせているのだそうだ。

その塾で学んだ娘は、「いい嫁になる」と評判らしい。

お紺が、言い添えた。

「私は、母から言いつけられたから、あの塾に通っているのではありません。私がやりたいと望んだことを全て叶えられる塾を、母が懸命に探してくれたのです」

お紺が、哀し気に顔を曇らせた。

「母は昨日、はなを厳しく叱りましたが、はなのことも私と同じように慈しんでいます。だから、私が望んだとおりのことを、はなにもやらせてやろうと」

「つまり」

と、涼水が応じた。

腹を立てている時の恐ろしい笑みが、口許に浮かんでいる。

「美しく敏い姉ばかり贔屓《ひいき》しているのでない。お前のことも同じように、手を掛けているのだ。そう伝えるためだけに、おはなに姉と同じことをさせている、という訳ですか」

しっかりしているといっても、未だ十三の娘さんに、そんな言い振りをしては。

文月は、はらはらと涼水に目で訴えたが、知らぬふりをされた。お紺は少し口許を強張らせたものの、落ち着きぶりは変わらない。

「それが、母なりの慈しみ方なんです。でも——」

「おはなちゃんの望みは、お紺さんとは違ってた」

思わず呟いてから、文月ははっとした。

「すみません、余計な口を挟みました」

「いえ」と、お紺が笑った。

涼水は涼しい顔で、

「文月さんは、おはなの師匠なんですから、余計でも何でもありませんよ」

と言い放った。

師匠なんて、大げさなことじゃありません。

言いかけて、文月はやめた。

おはながどうしてもやりたいことを、軽んじている言葉のような気がした。

お紺が、訴えかけるように応じた。

「はい。はなは、算術が得手でした。数を数えるのは、私よりも覚えが早かった
そうです。ままごとも商いの真似事が好きで、石ころの銭で物を売り買いする遊

びばかりやりたがった。縫物はやりたそうにしていたので、私が確かめると、一枚の布から着物や足袋《たび》、違う形のものをつくるのが面白そうだと、教えてくれました。でも、母は、私がやりたがらないことは、はなもやりたくないのだと、思い込んでいて」

涼水が、静かに訊ねた。

「親御さんは、おはなが『かっぱ塾』へ通うことを、お許しになったのですか」

「それは」

お紺は、言い淀んだ。

唇を噛み締め、言葉を探すように黙ってから、告げる。

「それは、私が父を説き伏せます」

「つまり、父御もおはながここへ通うことを、未だに駄目だと仰っているのですね。まあ、当たり前でしょう。妙な噂のある塾ですから。長屋暮らしの子供達ならともかく、大店は世間の目も気にしなければならない。おはなの嫁ぎ先にも障りが出るやもしれません」

「そんなことは」

お紺の言葉に、涼水が「ありませんか」と被せた。

「父御は、母御や番頭さんではなくあなたをここへ寄こすほど、信を置いておいでだ。それでもだめだとおっしゃる。その父御を、本当に説き伏せられますか」

お紺は答えない。涼水が続けた。

「そもそも、おはなは本当に、ここへ通うことを望んでいるのでしょうか」

文月は、驚いて涼水を見た。

あれほど、楽しそうにしていた。涼水も「また明日もいらっしゃい」と、言っていたではないか。

今まで、ほんの少し顔色を変えたり、口ごもったりしていたものの、始終落ち着いて大人びた様子だったお紺が、目に見えて狼狽えた。

「勿論です。私は、ずっと妹を近くで見て来ました。妹の考えていることならなんだって、分かります。妹は、あんなに楽しそうにこちらへ――」

「お紺姉さんが、どうしてここにいるの」

不意に聞こえた声に、文月は土間の方を向いた。右近に連れられ、青い顔をして姉のお紺を見据えているおはなの姿が、あった。おはなは、震えていた。

お紺が、妹に訊き返す。

「おはなこそ、どうして。塾は、およねはどうしたの」

おはなが、激しく首を横へ振った。

「塾へ一緒についてきたおよねが、姉さんはひとりで『かっぱ塾』へ、行ったって。私が勝手をしたせいで、あんな恐ろしい、河童が棲む塾へ行かされたんだって。姉さんが河童に何かされたら、私のせいだって。どうして。ここは、そんな恐ろしいとこじゃないのに。違う、そうじゃなくて――」

おはながこんなに沢山話すのを、文月は初めて聞いた。

ただ、言いたいことがうまく伝えられないのか、もどかしそうに、言葉尻を萎《しぼ》ませた。

お紺が、厳しい顔をした。

「およねが、おはなにそんなことを言ったの。後でお父っつぁんにおよねを叱って頂こうね」

「違うの。およねのことを言いつけに来たんじゃないの」

お紺は、妹に笑いかけた。

「おはなは、何も言わなくていいのよ。おはなは優しいから、およねを庇っているのね。姉さん、おはなのことなら何でも分かる。でも、こういうことはちゃんとしないと。おはなは、奉公人に軽んじられてはいけないの」

「違う、違う、違うの——」

おはなが、か細い声で繰り返している。

文月は、堪らずおはなのもとへ急いだ。

わなわなと震えているおはなの身体を、そっと抱き締め、宥めるように背中を擦る。

「おはなちゃん。大丈夫、大丈夫だから。ちょっと、落ち着こうか。ゆっくり息をして」

文月が掛けた言葉に、おはなは口を噤んだけれど、体の震えはなかなか収まらない。

つきがやってきて、おはなの足に額を擦りつけている。

目で涼水に助けを求めると、涼水は心配ない、という風に頷き立ち上がった。

「北の縁側へ出ましょうか。隣では、病の重い患者がいます。大声で言い合っては身体に障る。右近様は、塾へお戻りください。そろそろ子供達が盗み聞きにやってくる頃だ」


北の庭に面した縁側で、おはなとお紺は隣り合って腰を下ろした。

座を移した辺りで、おはなの震えは収まっていたが、文月の手を握りしめた手には、力が入ったままだ。

助けて、と言われているようで、文月は、お紺から離れた側のおはなの傍らに腰を下ろし、そっとおはなの手を握り返した。

涼水は、お紺とおはなを見守るように、庭に立ってこちらを向いている。

これなら右近が目を光らせているし、子供達は盗み聞きできないだろう。

おはなは、何かお紺に訴えたいことがあるのではないか。このままここへ通いたい、というだけでなく。

けれど文月は、おはなを促すことはしなかった。

おはなの縫物を見た短い間に、気づいたことがあった。

おはなは、思ったことを口にするまで、少し時が掛かる。

だから文月は、おはながしゃべりたそうにしている時は、ただ黙って、おはなが口を開くのを待っていた。

長い静けさに耐えかねたように、お紺が小さく息を吐いた。

「おはな。姉さんが、おはなをここに来させないように、しにきたのだと思った」

お紺の問いに、おはなは答えない。お紺が続ける。

「私は、そんなことしないわ。だって、こちらに通っているおはなは、とても楽しそうだったもの。だから、お前がこっそりこちらに通うのを、手助けしたのよ。姉さんはいつだっておはなの味方だもの。信じて頂戴」

ああ、だめ。ちゃんとおはなちゃんに、話す時を与えてあげなきゃ。

「あの」

言いかけたところを、涼水に、

「文月さん」

と遮られた。

しばらくは姉妹の遣り取りを静かに見守るように、ということだと、文月は思った。

涼水は、きっと正しい。

ここで、おはなに助け船を出してやっては、「おはなのために」おはなの言葉を奪っているお紺と同じだ。

おはなに、自分から言いたいことを言わせなければ、この姉妹は変われない。

でも――。

お紺は、滔々《とうとう》と語っている。おはなの望みは分かっている。何も言わなくてもいい。二親は自分が説き伏せるから。だから、何も心配いらない、と。

どれほどおはなのことを思っているか、おはなのために動けるのか、お紺が言葉を重ねるたび、文月の手を握るおはなの手に、力がこもる。

おはなの膝の上にいるつきが、心配そうにおはなの顔を見上げている。

文月は、そっとおはなの手を握り返した。

おはなが、文月の手を握り込むようにして拳《こぶし》を作った。力を入れすぎて、小さな拳が白い。

そうしている間にも、お紺はいよいよ饒舌《じょうぜつ》になり、おはなの口を挟む隙がなくなっていく。

がんばれ。

おはなちゃんなら出来る。千ちゃんとも、金ちゃんとも、沢山おしゃべりしたでしょう。右近様にも、「縫物がやりたい」と伝えられたでしょう。

手からおはなちゃんの手へ、この思いが少しでも伝わるように。

そっと力を込めて握り直す。

おはなが、きゅっと唇を噛んだ。

膝の上のつきを見つめながら、おはなはぽつりと呟いた。

「違う」

ふと、お紺が黙った。おはなが繰り返す。

「違う。そうじゃないの」

お紺は、ああ、と心得たように頷いた。

「おっ母さんに叱られるのが、怖いのね。分かってる。それなら――」

「分かってないっ」

おはなが、叫んだ。

つきが、驚いて身体を膨らませた。ああ、びっくりした、という風にあくびをすると、文月と繋いでいない方のおはなの手の甲を、ぺろりと舐めた。

つきよりも驚いたのが、お紺だったようだ。

目を丸くして、妹の横顔を見ている。知らない子を見るような顔つきだ。

つきが、もう一度、おはなの手をそっと舐めた。背中を押されるように、再びおはなが口を開いた。

「はなは、姉さんのこと、好きよ。優しくて、美人で。でも、お紺姉さんも、お父っつぁん、おっ母さんと一緒。およねも同じ。みんな、はなにしゃべらせてくれない」

「おはな」

お紺が、戸惑いも露《あら》わに呟いた。顔に張り付いたような笑みが、強張っている。

おはなが、訴えた。

「姉さんの言うことは、いつも正しいの。いつも、はなが思ってる通りのことを、代わりに言ってくれる。でも、それは、はなが、はなの言葉で言いたかった」

きゅっと、おはなの手に力がこもった。文月は、その手に空いていた右手を載せ、大丈夫、と伝えた。ふ、とおはなの手から、少しだけ力が抜けた。

少し落ち着いた声で、おはなは続けた。

「ここのひとたちは、違った。お師匠様も、涼水先生も、文月先生も、はなに話をさせてくれた。はなが、どう言おうか考え付くまで、待ってくれた。金ちゃんや、千ちゃん、ちいさなおのぶちゃんは、はなに、どうしたいか訊いてくれた。およねに、はなのせいで姉さんが『かっぱ塾』へ行ったって聞いて、追いかけたのは、姉さんが、はなの場所をとっちゃうんじゃないか。それが、心配だったの」

お紺が、首を横へ振った。それまでのおはなのように、お紺が言葉を失っていた。

おはなが、訴える。

「はなの場所は、はなが楽しく手習いできる場所じゃない。はなの話を聞いてくれる人がいる場所。姉さんが、はなの気持ちを先生達にしゃべったら、またはなが話せる場所がなくなる。だって、姉さんが話した方が分かりやすいし、はながしゃべるより、ずっと早いもの」

涼水が、むっつりと口を挟んだ。

「心外ですね」

おはなが、哀し気な顔で涼水を見た。涼水が笑った。温かい笑みだ。

「ゆっくり考え、言葉を選んでから話し出すのは、おはなのいいところです。私も、右近様も、文月さんも。子供達だって、ついでに河童達もそうです。私達は、どれだけ時が掛かっても、おはなの言いたいことを、おはなの口から聞きたいと思っていますよ」

涼水を見つめていたおはなの目から、ほろりと一粒、涙がこぼれ落ちた。

文月は、おはなが泣きじゃくるのではないかと案じたが、おはなはきゅっと唇を噛んで涙を堪えると、はにかんだ笑みを見せた。

「ありがとう、ございます」

涼水が、静かに訊ねた。

「さあ、もう自分の言葉で言えますね。おはなは、どうしたいのですか」

おはなは、少し考えてから、「はい」と頷いた。そうして、ようやく隣の姉を見た。

「お紺姉さん。はなは、『かっぱ塾』が好き。これからも、ここに通えればいいなあって思う。でも、それよりも、お紺姉さんと沢山話がしたい。姉さんに、はなの話を聞いて貰いたい」

お紺が、おはなよりもずっと時を掛けてから、ようやく小さな声で呟いた。

「おはな。ごめんね」


おはなは、新しい塾へ通うことになった。

「かっぱ塾」で、おはながお紺に訴えた二日の後、姉妹でそのことを伝えにきたのだ。

やはり、父親は「かっぱ塾」をよしとしなかった。

おはなは二親に、自分は算術と縫物がしたい、と懸命に伝えた。

母親は仰天していたが、父親はすぐに「分かった」と頷いた。

おはなは元々、算術が得手だし、縫物は覚えておいて損はない、と。嬉しそうに目を細めて、しっかり算術を覚えたら、番頭の手伝いでもしてもらおうか、なぞと軽口まで言ったそうだ。

おはなが、声を弾ませて告げた。

「それから、御寺様へのお使いのつい、いでなら、『かっぱ塾』へ寄っても構わないと、父から許しを貰いました」

それから、思い出したように、心配そうな顔をした。

「あの、ちょっとだけ寄るのは、駄目でしょうか」

涼水が、にっこりと笑った。

「勿論、いつでもいらっしゃい。子供達はおはながいなくなって、寂しがっていましたよ。右近師匠と文月先生に、算術と縫物がどれほどうまくなったか、見せてあげると、二人とも喜びます」

「はいっ」

今までで一番元気な返事だ。

お紺は、そんな妹を、目を細めて見守っていた。

つきは、もう大丈夫、という風に、涼水の傍らで丸くなって眠っていた。

おはなを引き合わせてくれた河童の子の笑い声が、聞こえた気がした。

四話――意地っ張りの小太郎

小太郎が、「かっぱ塾」で手習いを始めたのは、北の田んぼの田植えが済んで暫く経った頃だった。

稲がぐんぐんと葉を伸ばしていくのと競うように、小太郎は元気になっていった。

子供達とも、町場で暮らす浪人の子らしく、仲良く気さくに過ごし、右近はそんな息子へ、手習いの間は他の子供達と等し並に接しながら、目を細めて嬉しそうに見守っていた。

時折見せる苦し気な顔が、文月は気になったけれど。

雨降りの日が増え、そろそろ梅雨入りかという頃、怪我をした侍が「かっぱ診療所」に運び込まれてきた。

この近くでちょっとした諍いがあった。

若い侍同士、袖が触れたの、触れぬので言い合いになり、刀を抜くの抜かぬの、という騒ぎになった。

怪我をしたのは、諍いを起こした当人達ではなく、止めに入った侍だ。激昂《げきこう》した友を落ち着かせようと前へ立ったところへ、後ろからもう一方の侍に、邪魔だと突き飛ばされた。予期していない背後からの力で転び、足を痛めたのだという。

涼水の見立てでは、足を酷く挫《くじ》いていて、三、四日、痛めた足を動かさぬ方が良い、ということだった。

侍は、膏薬《こうやく》を貼り、友の侍に肩を借りて帰って行った。

帰り際、勝手の前で薪割りをしてくれている右近を、怪我をした若い侍がもの問いたげな顔で見ていたのが、文月の心に小さく引っかかった。

それから半月、梅雨らしい雨が、しとしとと音もなく降り続く日のこと、若い侍が再び、「かっぱ診療所」にやって来た。

長雨が気になり、きゅうりの様子を見に畑へ出ていた文月が気づき、若い侍に声を掛けた。

「仁杉《にすぎ》様、まだ足が痛みますか」

文月の顔を見て、若い侍――仁杉三郎右衛門《さぶろうえもん》は、闊達な笑みを見せた。

「文月、であったな。過日は世話になった」

先だっての足の怪我の折、文月も治療を手伝ったのだ。小袖も袴も上等なもので、着こなしも品がいい。育ちも人柄もいい、何の歪みもなく、ただ真っ直ぐに育った若木の様だ、と文月は仁杉を見て思った。

その時と同じ真っ直ぐさで、仁杉は訊いた。

「この診療所に、花房右近殿はおられるか」

「あ、はい。手習塾で子供達を教えていらっしゃいます」

仁杉が、育ちのよさそうな顔を曇らせた。

「あの右近先生が、手習塾。子供達にか」

先生って、何の先生だろう。

そんなことを考えながら、文月は頷いた。

「ええ。お呼びしましょうか」

「頼む」

手習い部屋へ向かいながら、文月はぼんやりとした胸騒ぎを感じていた。


右近を目の当たりにした仁杉は、大層喜んだ。

「右近先生、やはり右近先生だったのですね。御無沙汰をしております」

対する右近の面は、暗く曇っていた。

「息災であったか」

「はい。先日、この近くで下らぬ諍いを止めに入り、足をくじいてしまいましたが、もうこの通り」

仁杉は、とんとん、とその場で足を踏み鳴らしてみせた。剽《ひょう》げた振る舞いに、右近が軽く笑んだ。

仁杉が面を改め、右近に告げた。

「この診療所へ運び込まれた帰り、先生を見かけた時は驚きました。まさかと思い、その時は声をおかけしませんでしたが、どうしても気になって訪ねて参りました。お会いできてよかった。急に道場の師範代をお辞めになり、お住まいも引き払われ、お探ししました」

右近が、荒《すさ》んだ笑みを浮かべた。

「探してくれたのは、お主くらいだろう」

仁杉は、激しく首を横へ振った。

「一体、どうなさったのです。先生は、このようなところで、童《わらべ》相手の手習い師匠なぞしているお方ではない」

右近の荒んだ笑みに、寂し気な色が滲む。

哀しい。

文月は思った。

いつも闊達な右近の、こんな哀しい笑みはまだ短い付き合いとはいえ、見たことがなかった。

右近は、ちらりと文月を見、様子を見にきただろう、勝手の脇にいる金太に気づき、低い声で仁杉を促した。

「出ようか」

仁杉が、なぜ、という風に首を傾げた。

少し厳しい声で、右近が言葉を添える。

「子供に聞かせる話ではなかろう」

それから、文月に視線を移して告げる。

「少しの間、子供達を頼めるか」

分かりました、と頷く文月に、ほっとした風で頷きかけると、渋い顔の仁杉を急かして、診療所から離れて行った。

仁杉の姿が消えると、心配そうな顔をした金太が、文月の側に駆け寄ってきた。

「お師匠様、どうしたの」

「うん。お友達がいらしたみたい」

金太が、顔を顰めた。

「あいつ。こんなところって、言ってた」

そんな奴が、右近の友なのか。

金太は、言いたげだ。

文月は、ちょっと笑って言い返した。

「こんな、楽しそうなところ、ってことよ、きっと」

文月の軽口に、金太の頬が綻んだ。すぐに顰め面に戻ったが、今度は悪戯な光が瞳に浮かんでいる。

「姉ちゃんはずるい。いっつも、おいらしかいない時に笑うんだから」

文月は、ちょっと考えてから、訊いた。

「まだ、あの遊び、続けてるの」

「あの遊び」、とは「誰が文月を、その日で一番初めに笑わせるか」という遊びのことだ。

我ながら、笑うことが随分と多くなってきたように思うのだが。

金太が、嬉しそうに言った。

「姉ちゃん、沢山笑うようになったよ。それでも、『その日一番初めて』の笑顔は、一度きりだろ」

文月は、なるほど、と頷いた。

「それも、そうね」

応じて、金太の肩に手を置いた。

「さあ、手習い部屋へ戻ろうか。そろそろ音松《おとま》っちゃんが、悪戯を企んでる頃よ」

「大変だ。急ごう、姉ちゃん」

二人で笑いながら、手習い部屋へ向かった。

案の定、音松が墨を含ませた筆を手に、千吉を追いかけまわしていた。

千吉の口の辺りに、髭《ひげ》のような墨がついている。

「止めろったら。おい、音松っ」

千吉は喚《わめ》いているが、楽しそうだ。

音松が振り回す筆から、ぴ、ぴっ、と墨の滴《しずく》が飛んだ。

金太がげんなりと、ぼやいた。

「あーあ、手習いの前に、床拭きだ」

すぐに、音松を叱る。

「こら、音松。もう止《よ》せ。止めないと、涼水先生に飛び切り苦い薬湯飲ませて貰うぞ。それとも、御坊様と一緒に正座で念仏がいいか」

面白いほどぴたりと、音松が止まった。

金太の指図で、音松が飛ばした墨の拭き掃除に掛かる。

小太郎は、真っ先に雑巾を取り出した。楽しそうだ。

その側を、つきがしきりについて回っている。

文月は、先刻目にした右近の哀しい笑みを、思い出していた。


ほどなくして、右近は手習塾へ戻ってきた。

文月に明るく礼を言い、子供達には普段通りの優しい笑みで手習いを続けるよう、告げた。

それでも子供達は、

「誰が訪ねてきたの」

「お師匠様のいいひとか」

「えー、きっと河童だよぉ」

とひとしきり騒いでいたが、もう一度右近に窘められると、皆大人しく、それぞれの手習いへ戻って行った。のぶ達幼い子も、右近の姿を見て安心したように、雨を避けた縁側で、再びままごと遊びへ戻った。

普段とまったく変わらない風を装っているが、文月は右近の目の中に、苦しさを見て取った。

つきは小太郎の側から離れる様子を見せず、小太郎は、父の顔をもの問いたげに見つめていた。

その夜、文月はなんだか寝付かれずに、手習い部屋から縁側へ向かった。

縁側の、右近と小太郎の部屋から一番離れた左隅に、右近がひとり座っていた。

少し丸めた、寂しそうな背が、右近らしくない。

文月は、「右近様」とそっと声を掛けた。

右近が、ゆっくりと文月へ振り向いた。

「おお、文月。どうした」

思ったより、力のない声が応じた。

「なかなか寝付かれなかったので。右近様はどうなさったのですか」

「少し考え事を、な」

答えてから、右近は自分の側へ文月を身振りで促した。

斜め後ろに控えて座ると、右近が困ったように笑った。

「暫く、話に付き合って貰えぬか。そこでは、話をするのに振り返らねばならん」

文月は迷ったが、言われた通り、右近の隣に座り直した。

右近が、低い声で言う。

「昼間は、仁杉が不躾なことを口走って、済まなかったな」

「かっぱ塾」を「このようなところ」と言ったことか、と文月は察した。敢えて声を明るくして言い返す。

「今更、ですよ、右近様。ここは、そういうところですから」

右近が笑った。少し明るさが戻っただろうか。

「お主、涼水のようだぞ」

「そうでしょうか」

「あまり、あの偏屈に似ん方がいい。ろくなことにならん」

「気を付けます」

二人で小さく笑い合った後、小さな間が空いた。

気まずい静けさではなかったけれど、文月は訊いた。

「小太郎様は、どうしていらっしゃいますか」

右近が、軽く俯いた。

「まったく変わらぬよ。つきが側から離れんがな」

つきは、子供の危うさに誰よりも早く気づき、その子に寄り添う。

今、つきは小太郎を案じているのだろう。右近親子がここへ越してきた折と同じように。

右近もつきの不思議で温かな振る舞いは、承知している。

文月は、そっと訊ねた。

「小太郎様と、じっくりお話をなさってみては、いかがですか」

ふ、と右近が荒んだ音《ね》で笑った。

「話すまでもない。小太郎の胸の裡は分かっているつもりだ」

それは、本当に小太郎様の胸の裡と同じですか。

文月は、出かかった言葉を呑み込んだ。

「仁杉三郎右衛門。あ奴は、さる大名家重臣の息子でな」

ふいに変わった話の向きに、文月は戸惑った。右近の話は続く。

「俺が雇われ師範代をしていた道場に、通ってきていた。なぜか俺に懐いてなあ。育ちが良く行く末も約定されている若者が、物好きなことだ」

まるで、自分を卑下しているような物言いだ。

やはり、右近らしくない。

ちらりと、右近は仕官を望んでいるのだろうか、と過ったが、それも右近らしくない気がした。

右近は、とても楽しそうに、丁寧に、心を込めて、子供達を教えているから。

文月が言葉を探している間に、右近が軽く首を横へ振って、また笑った。

今度は明るい笑みだったが、無理をしているようにも思える。

「下らんことを言った。すまん」

「いえ」

ようやく、それだけ返事をする。

右近が立ち上がった。

「そういう素性の男だから、昼の物言いは、全く悪気はないのだ。許してやってくれ。肌寒くなってきた。もう休みなさい。風邪を引くぞ」

これ以上は、訊いてくれるな。

右近の背中に、そう言われている気がして、文月は黙って右近を見送った。


二日を空けた大雨の午前《ひるまえ》、三度《みたび》仁杉が「かっぱ診療所」へやってきた。

応じた文月は、まず仁杉を表土間へ招き入れ、濡れてしまった顔や着物を拭いて貰おうと、手拭いを差し出した。

「無用」

ぶっきらぼうに言い捨てた仁杉の冷ややかな視線に、ぎくりとする。

怪我をして運び込まれた時や、その後、右近を訪ねてきた折は、文月に対しても、他の患者や子供達に対しても、「町場の下々《しもじも》にも鷹揚に接する侍」という振る舞いではあったものの、気さくに笑みを向け、言葉を交わしてくれた。

ところが今日の仁杉が文月に向ける視線は冷たく、言葉にも棘がある。

それは、蔑むというよりは、忌み嫌う、憎む、といった色合いで。

久しぶりに見たな。自分に向けられるこういう目。

ほんの短い間、長屋で暮らしていた頃に戻ってしまった気がした。

心が縮み、冷えて固まる。他人の目が見られなくなる。顔からゆっくりと血の気やぬくもりが引いていき、笑みも涙も失せる――。

けれど、長い年月、文月の身に馴染んできたはずの「冷え」は、すぐに潮が引くように、遠くなっていった。

細く長く息を吐き、仁杉に対する。

冷たい面に、文月は笑い掛けた。

「只今、右近様を呼んでまいります」

「いい」

再び遮られ、文月は仁杉を見遣った。ふい、と文月から視線を外し、横柄に仁杉は告げた。

「こちらの主、涼水殿に話がある」

文月は、自室で薬を調合していた涼水の許しを得て、仁杉を案内した。早々に部屋を辞し、障子を閉めたところで、仁杉が険のある声を上げた。

「花房右近殿を、返して頂きたい」

部屋から遠ざかりかけた足が、つい止まる。仁杉が一気にまくし立てた。

「道場にお戻り頂くようお頼みしましたが、断られました。どうやら、ここの子供や下働きの娘が、右近殿を引き止めている様子。あの者達に、右近殿の邪魔をせぬよう、言いつけて頂きたい」

飛び切り穏やかな声で、涼水が応じた。

「右近様を仁杉様からお借りした覚えは、ありませんね。ですから、子供達と文月さんが右近様と何を話そうが、仁杉様には関わりないことかと」

いつもの「恐ろしい笑み」を見なくても、声で分かる。涼水は、かなり腹を立てている。

聞かない方がいい。

そう思うが、足が動かなかった。

張り詰めた遣り取りは、続く。

「分かりました。では、右近殿を雇われている涼水殿が、あの方をここから追い出して下さい」

足をくじいて診療所へ運ばれた時、仁杉は「涼水先生」と呼び、礼を尽くしていた。挨拶もなく話を始めたことといい、辛うじて丁寧な言葉を使っているものの、横柄な言い振りといい、随分な変わりようだ。

仁杉は、ここの皆が右近を引き止めていると思っている。だから、怒りを込めた目で文月を見、涼水に嚙みついているらしい。

ふ、と涼水が息で笑ったような気がした。

「私が右近様をどうするか。仁杉様が決めることではないでしょう」

「では、決められるのは誰ですか。誰に頼めばいい」

仁杉の声は、いよいよ刺々しくなっていった。

涼水が、訊き返した。

「感心しませんね。御子息を抱えた右近様の働き口を取り上げるおつもりですか」

「心配無用。薄気味の悪い手習塾の師匠よりも、あの御方に見合った役を用意してあります」

「そうですか」

「では、お願いできますね」

「お断りします」

「なぜ」

「おや。お分かりになりませんか」

嘲《あざけ》るような、涼水の物言い。

仁杉が唸った。

「無礼な」

「ここを出て行くか残るか決めるのは、仁杉様でも私でもない。右近様ご本人です」

当たり前のことを訊くな。

そんな、突き放した口振りだ。

「文月、ここにいたか」

ふいに後ろから右近に呼びかけられ、文月は飛び上がりそうになった。

振り返った文月を見て、右近は苦笑を零した。

「化け物でも見たような顔だな。手が空いているなら、おのぶをあやして貰えるか。雨音が強いせいか、妙にむずかって――」

右近が、言葉の途中で口を噤んだ。文月が閉じた障子に視線を向ける。

「涼水殿に、来客か」

どう答えよう。

文月が迷っている間に、障子が開けられた。仁杉だ。

「某です」

掠れた声で、右近が仁杉を呼んだ。

「三郎右衛門」

仁杉が、今日初めて、屈託のない笑みを浮かべた。

「お迎えに上がりました、先生」

右近が軽く溜息をひとつ、文月を見た。

「すまぬが、子供達を頼む」

文月が頷くのを見て、右近は涼水の部屋へ入って行った。

子供達が騒ぎ出す前に、行かなくちゃ。

文月は、自分に言い聞かせ、涼水の部屋の前から遠ざかった。

胸騒ぎが収まらなかった。


子供達を頼む、と言われたが、文月に教えられることなぞ僅かしかない。

だから、右近が戻って来るまで、みんなで遊んでしまうことにした。

むずかっていた小さなおのぶは、文月が抱き上げてやり、すぐに泣き止んだ。

手習いをしていた年上の子達と共に遊べて、上機嫌だ。

だが、しばらく経っても右近は戻ってこない。

そろそろ昼餉の支度もしなければいけない。

小太郎が、父を気にしている様子なのも心配だ。つきは相変わらず小太郎の側にいる。

困り果てていた時、縁側から知った声が掛けられた。

「おや、今日は文月さんが師匠かの」

「御坊様」

文月は、ほっとして庭に佇んでいる坊様を呼んだ。

よく昼餉を食べにくる「御坊様」のひとりだ。おそらく、ここへ通ってくる中で一番年上で一番小柄、皺深い顔を更に皺くちゃにして風の音のように笑う、仙人のような坊様だ。

雨が滴る笠と蓑《みの》を脱ぎながら、坊様は訊いた。

「上がってもよいかな」

「勿論です」

子供達は、大喜びだ。この「御坊様」は楽しい話を沢山聞かせてくれる。

子供達に手を引かれ、どっこいしょ、と縁側へ上がり、文月が渡した手拭いを礼を言って受け取り、顔を拭いた。

早速子供達に「楽しい話」をせがまれながら、白髪交じりの眉毛を、八の字に下げた。

「文月さんが、この子達の相手をしているということは、昼餉はまだかの」

「申し訳ありません」

「いやいや、詫びるのはよくないぞ。文月さんは、拙僧らの為に昼餉をつくっているのではないと、涼水殿の機嫌が悪くなる」

文月は、ちらりと笑って「はい」と、頷いた。

おのぶが、わあ、と声を上げた。

「ねえちゃんが、わらったぁ。ごぼーさまのかち、かち」

ふぉ、ふぉ、と、坊様が笑って、おのぶの頭を撫でた。

「そうか。今日は拙僧が勝ちか」

子供達が笑った。小太郎も、明るい笑顔を見せている。

ああ、ほっとする。

先刻仁杉に会った時からずっと強張っていた心の隅が、ふわりと解《ほど》けるようだった。

坊様が、文月を見て目を細めた。

「おお、良い笑みじゃ。善きかな、善きかな」

そうかしら。

文月は、自分の頰に手を当てた。

悪戯な顔で、千吉が文月をからかう。

「姉ちゃん、照れてる。可愛い」

この頃、千吉は時折、可愛いだの器量よしだのと、文月をからかうことを覚えたらしい。

厳しい顔をつくって、千吉に言い返す。

「大人をからかうんじゃありません」

千吉が、べー、と舌を出した。

「姉ちゃんだって、大しておいらと歳変わらねぇだろ」

まったく、口が減らない。

呆れながらも、文月は嬉しかった。

会った頃のように、顰め面を向けられるよりは、余程いい。

さて、と坊様が言った。

「子供達は、拙僧が相手をしよう。昼餉の支度に掛かっては貰えんかな。子供達が腹を空かせておる」

「では、お願いします」

文月は、悪戯顔の坊様に頷きかけ、急いで勝手へ向かいながら、ふと思った。

坊様方は、いつも文月や子供達を助けてくれる。今日も、坊様の笑顔を見て文月は随分と安堵した。

もしかしたら、坊様達は皆、昼餉のためではなく、そのために通ってきてくれるのでは、ないだろうか。

昼餉が出来上がる頃、右近が戻ってきた。

子供達に、「昼餉《おひる》の頃に戻ってきてずるい」とからかわれ、軽口で応じていたが、どこか寂しそうでもあり、思い悩んでいるようでもあった。

坊様も、右近の異変に気付いていたようで、幾度か気遣わし気な視線を、右近と小太郎に送っていたが、何も口には出さず帰っていった。

次の日の朝、文月は右近に、涼水の部屋へ呼び出された。

涼水は、微かに目元を厳しくしている。

文月は、右近と涼水、二人の顔を見比べた。

右近が、重々しく口を開いた。

「先日から、俺の知己がここを騒がせてしまい、面目ない」

そんな、と言いかけて、文月は口を噤んだ。

右近の言葉には、他者が口を挟むことを拒む力が籠《こも》っていた。

右近は、涼水とも文月とも目を合わせず、告げた。

「涼水殿は既にご承知だが、昨日、仁杉三郎右衛門殿から、剣術指南役として、とある大名家への仕官のお誘いを頂戴した」

どくん、と文月の心の臓が鈍い音を立てた。

右近は、先行き不確かな浪人ではなくなる。小太郎の行く末も一気に開ける。

花房親子にとって、願ってもない話のはずだ。

右近が、宙を見据えた。

「その話、お受けしようと思う」

小さな間を空けて、涼水が「そうですか」と呟いた。

おめでとうございます。

そう言わなければいけない。

「主家の支度が整えば、小太郎と共に移ることになろう」

もう、その大名家を主と定めているのだ。さりげない言葉に、右近の覚悟が見て取れた。

「涼水殿にも文月にも、世話になった。とりわけ、小太郎がすっかりたくましくなったのは、二人あってのことだ。礼を申す」

右近から頭を下げられても、文月は何も言えなかった。

ただ目の前に、小太郎の寂しそうな姿がちらついていた。


大名家への仕官の話を、文月が打ち明けられた日、右近は一日留守をした。涼水は「金づる」だという患者の元へ往診にでなければならず、代わりに皺深い坊様が、前の日に続いて子供達を引き受けてくれた。

「患者から頼られ過ぎるというのも、難儀じゃのう。こんな日は、拙僧に任せず、自分で子供達の相手をしたいだろうに」

何もかも承知らしい坊様は、穏やかな顔でそう呟いた。

ひとつの季節を涼水の近くで過ごした今なら、文月にもわかる。

金持ちが涼水に頼るのは、河童や妖に纏わる妖しい薬を求めてではない。涼水が腕のいい医者で、病人や怪我人に対して、常に誠実な人物だからだ。たぐいまれな腕と高潔な人柄を覆い隠すほど大仰な噂を自ら流すなぞ、つくづく変わった人だと、文月は思う。

その噂があるからこそ、涼水が意図した通り「かっぱ診療所」も「かっぱ塾」も静かなのだけれど。

子供達を坊様に任せ、文月は診療所の患者の世話と掃除に専念した。そろそろ昼餉の支度をしようと勝手へ向かうと、小太郎が思いつめた顔で文月を待っていた。

小太郎の腕の中で、つきが、なーん、とか細い声で鳴いた。

「文月さん」

小太郎に呼ばれ、文月は「はい」と返事をした。

まっすぐに向けられた円《つぶ》らな瞳の奥が、哀し気に揺れている。

「少し早いですが、お礼とお別れを言いに来ました」

御父上から、お聞きになったのですか。

寂しくなりますね。

御父上の仕官、お祝い申し上げます。

小太郎様なら大丈夫。移られた先でもお元気で。

色々な言葉を探した。

けれど文月の口を突いて出たのは、全く違う問いだった。

「小太郎様は、それでいいんですか」

小太郎が、俯いた。

「父上が望んでいることですから」

「本当に」

小太郎が、のろのろと顔を上げた。とても疲れた笑みを浮かべている。

「武士ならば誰でも、浪々の身より、主に仕えることを望みます」

文月は、勝手の板の間、上がり框《がまち》に小太郎を促した。小太郎が腰を下ろすと、膝の上につきが軽やかに飛び乗る。撫でろと催促するように、掌へ頭を擦りつけた。

それでも、小太郎の手は動かない。

つきの慰めさえ拒んでいるようで、切なかった。

文月は、ゆっくりと訊ねた。

「ご無礼をお許しください。小太郎様は、ずっとここにいたいと、お思いなのではありませんか」

小太郎が、拳をきゅっと握りしめた。

「それがしは、父上がお決めになった通りにするだけです」

文月は、小さく息を吐いて呟いた。

「小太郎様はご自分のことを、それがし、とおっしゃるのですね」

小さな拳が、ぎゅっと握りしめられる。

長い、長い間をおいて、小太郎はようやくぽつり、ぽつりと語り始めた。

「それがしの病のせいで、父上にはご苦労をおかけしてきました。だからせめて、少しでも一人前のように振舞えば——」

小太郎が、哀しそうに言葉尻を萎ませた。

それで、小太郎は聞き分けが良く、大人びていたのだ。

寂しそうなつきの頭を、文月は小太郎の代わりにそっと撫でた。文月の手の動きを、小太郎はじっと見つめている。

「小太郎様は、ずっとそうして、頑張っていらっしゃったのですね」

小太郎が、弱々しく首を横へ振ってから、更に深く俯いた。

涙を堪えているのだ。文月は気づいた。

静かに語りかける。

「小太郎様。文月とこのつきには、小太郎様の本当の御心を打ち明けて頂けませんか」

小太郎は、何も言わない。文月は続けた。

「思っていること、言いたいこと。今だけ言っちゃいましょう。今までずっと頑張ってらしたちっちゃなご褒美です。大丈夫、聞いているのは、文月とつきだけです」

ゆるゆると、小太郎が拳を解いた。おずおずとつきの背を撫で始めたので、文月はつきから手を引いた。

初めは、硬かった手の動きが、少しずつゆっくりと、柔らかくなっていく。つきが、気持ちよさそうに目を閉じた。

ようやく、小太郎の口が、言葉を紡いだ。少しずつ、迷いながらだったけれど。

「それがしの望みは、父上が望んだとおりにしてくださることです。ここへ来てから、ずっと嬉しい事ばかりでした。先生と文月さんのおかげで、それがしの喘息もあっという間に楽になりましたし、友もできた。小さな子の相手も、御坊様方のお話を伺うのも、皆で膳を並べて食事を摂るのも、父上の塾で学ぶことも、みんな、楽しかった。何より、父上が今まで見たことがない程、楽しそうに笑っていらした。道場で剣術指南をしていた頃より、ずっと。そんな父上を拝見するのが、嬉しかった。父上のようになりたいと思いました。武士がどう、町民がどう、という隔たりなく、病や怪我を得た人を労《いた》わり、子供達に学問を教える。浪々の身でもかまわない。父上のような武士になりたいと、思いました。だから本当は、それがしは――」

小太郎は、迷うように口を噤んだ。

文月は、その先を待った。

にゃお。

つきが、短く鳴いた。

幾度か口を開いては噤み、を繰り返し、小太郎は押し出すように打ち明けた。

「ずっと、ここで暮らしたい」

それからすぐに、「でも」と自らの言葉を打ち消す。

「きっと、父上が仕官をお決めになったのは、それがしのためだから」

どういう意味か、訊きかけて止めた。小太郎を浪人のままにしたくない。右近はそう考えているのだ。

どう言えば、いいだろう。

右近を気遣い、自らの望みを押し込めてしまっている小太郎に。

父の本当の望みに気づいていながら、父の決めたことに従おうとしている、息子に。

文月は、自分が歯がゆかった。

もっと自分が大人だったら。いや、心を閉ざしていないで、沢山人と話をしていたら、今の小太郎に掛ける言葉が、見つかったかもしれないのに。

「お前、馬鹿か」

ふいに、ぞんざいな声が響いた。

文月と小太郎は、はっとして勝手の外を見た。

千吉が、ずんずんと、苦笑交じりの坊様が千吉に続いて、勝手の土間へ入ってきた。

文月を見て、坊様がくしゃりと笑った。

「昼餉はまだかな、と思っての。千吉も腹が減ったというから、二人で覗きに来たという訳じゃ」

優しい、嘘。

千吉も坊様も、きっと、大人しく部屋で待っている他の子供達も、小太郎が心配で、様子を見に来た。

坊様が、おどけた口調で千吉を窘める。

「これ、千吉。言葉には気を付けぬと、いかんぞ」

千吉の鼻息は荒い。

「いいんだよ、御坊様。だって、小太郎様からは他の子達と同じように話してくれって、頼まれてるんだから。堅苦しい話し方は、お互いに肩が凝るからな」

子供の肩って、凝るのかしら。

文月は、笑いを堪えた。

「それにしても、馬鹿、はなかろう」

窘める坊様の声にも、笑いが滲んでいる。

「馬鹿は、馬鹿だよ、御坊様」

言い返してから、千吉はきっと小太郎を睨み据えた。

「右近お師匠様が、ここで楽しそうに過ごしてるのも分かってる。小太郎様もここにいたいし、今のお師匠様のようになりたい。でも、お師匠様は小太郎様のために、どっかのお大名の家来になろうとしてる。だったら、やることはひとつじゃねぇか。お父っつぁんに、『おいらのことを思うんなら、ここでこのまま暮らしてくれ』って、伝えりゃあいい」

途中から、「お師匠様」が「お父っつぁん」に、「小太郎様」が「おいら」に変わってしまった。

千ちゃん、必死なのね。

微笑ましさに零れかかった笑いが、すっと引いた。

千吉は、泣いていた。

「おいらだって、お師匠様にもっと色々教えて貰いたい。小太郎様と、離れたかねぇんだ」

ぐしぐしとすり上げながら告げた千吉の肩を、坊様がそっと抱いた。

また、御坊様に、そして千ちゃんに助けられちゃったな。

坊様に目顔で礼を伝えると、坊様は、ふぉ、ふぉ、と風の鳴るような音で笑った。すぐに笑みを収め、慈愛に溢れた目を小太郎に向けて、語る。

「若様には、父君がおいでじゃ。せっかくおいでなのだから、喧嘩のひとつもせねば、損というものじゃ。その上で、父君の決めたことに従えばよろしい」

文月と千吉には、父も母もいない。だが小太郎には右近がいる。ならば互いに話をして、分かり合わなければいけない。親子なのだから。

坊様は、はっきり口にしなかったが、そう小太郎を諭したのだ。

そしてそれは、敏い小太郎にも伝わったようだった。

小太郎は、千吉の顔を見、傍らの文月の顔を見上げ、うん、と小さく頷いた。

「御坊様、それがしは父上に話してみます。本当に父上が望むことをしてほしい、と」

そうしっかりと告げた小太郎は、いつもよりも更に大人びて、凛々《りり》しかった。

その日、日が暮れてから右近は戻ってきた。次の日、梅雨の晴れ間の心地いい朝、文月が畑の世話をしていると、小太郎がやってきた。

「昨日のこと、父上に全て話してみましたが、御心は変わりませんでした。仕官の話をお受けすると、昨日仁杉殿にお伝えになったそうです。もう決まったことだ、と——」

文月が何か言う前に、小太郎は清々しく、そして少し寂しそうに笑った。

「御坊様のおっしゃる通り、父上にお話ししてよかった。これで迷いなく父上に従うことが出来ます」

ぺこりと頭を下げ、小太郎は駆けて行ってしまった。

涼水に部屋へ来るように言われたのは、昼餉の支度に入る少し前のことだ。訪いを告げ中へ入ると、涼水の、見たことがない渋い面にぶつかった。

何かとんでもない粗相でもしただろうか、と心配になったくらいだ。

涼水が切り出した。

「小太郎様から伺いました」

面と同じほど渋い溜息を挟み、続ける。

「文月さんや御坊様、千吉に言われたこと、右近様の返答、すべて。正直、呆れました」

昨日、小太郎と話したことだ。どうやら自分は、要らぬ真似をしてしまったらしい。

「申し訳ありません」

文月が詫びると、涼水が驚いた顔をした。すぐに微苦笑を浮かべ、頭《かぶり》を振る。

「言葉が足りませんでしたね。文月さんを咎《とが》めたのではありません。右近様に呆れた、と言ったのです。いや、私自身に、かもしれない」

「あの、先生」

おずおずと問い返すと、涼水は困ったように微笑んだ。飛び切り柔らかで、綺麗な笑みだ。

涼水が訊ねる。

「あの父子《おやこ》がやって来てすぐ、私が文月さんに、こう言ったのを覚えていますか。あの父子のことは放っておくように。心のすれ違いは、当人同士でなんとかするしかない、と」

よく覚えている。静かに見守ろうという涼水ならではの優しさだと、あの時文月は思ったのだ。

「はい」

文月の答えに涼水は頷いた。再び渋い顔つきに戻って言う。

「私としたことが、とんだ見込み違いでした。あの意地っ張り父子は、放っておいて済む方達ではありませんでした」

文月は訊き返した。

「意地っ張り親子。小太郎様も、ですか」

「ええ、良く似ていますよ。さすがは親子だ」

またひとつ、涼水が溜息を吐いた。

「右近様は、息子に訴えられても、息子の行く末を思って、くだらない仕官を思い留まろうとしない。小太郎様は小太郎様で、自分のことは二の次だ、と肝心な自分の願いを父に伝えていない」

「ですが今朝、小太郎様は、右近様に全てお話しした、と」

「右近様のことは全て、という意味でしょうね」

今朝、小太郎は、涼水に暇乞《いとまご》いをしにきたのだそうだ。その時に、昨日、文月達と話したこと、背中を押されて父に訴えたが、右近の心は変わらなかったことを、打ち明けた。

その顔つきが引っかかったので、涼水は小太郎を問い詰めたのだという。

右近に、どう訴えたのか、と。

「小太郎様は、こう言ったそうです。『ここでお暮しの父上は、とても楽しそうです。どうか父上の本当に望むことを、なさってください。それがしは、いつも父上と共にあります』」

え、と文月は思わず声を上げた。

「どうして。どうして、ご自分もここで暮らしたいのだ、ご自分は、今の右近様のようになりたいのだと、仰らなかったのでしょうか」

涼水は、寂し気に頷いた。

「恐らく、ですが。右近様の望みは、小太郎様を浪々の身にせぬこと。だから、小太郎様は、右近様の御心裡を汲《く》んで、父のような浪人になりたい、とは言えなかったのでしょう。病弱で喘息持ちのご自分が、今まで右近様の重荷であったことが、尚更小太郎様の口を重くしているのかもしれません」

なんて、じれったいのかしら。

文月は、心中で呟いた。

あれほど悩んだ末、ようやく父に向かったものの、小太郎は言葉が足りず、右近は本当に言いたくて言えなかった息子の胸の裡を、汲み取れずにいる。

でも、と文月は思い直した。

自分だって、そうだった。

祖母のおくめは、時折「外でも、笑ってごらん」と明るく諭すだけで、心を閉ざす文月に決して無理強いはしなかった。けれどおくめは、本当は、陰口や意地悪な噂に負けず、文月に人と交わって欲しかったはずだ。

そんなおくめの心裡を分かっていて、文月は頑なであり続けた。

文月は、唇を嚙んだ。

ごめん、ばあちゃん。

おくめは、頑なな文月にどれほど心を痛めたろう。どれほど、寂しい思いをしただろう。

今の小太郎のように。

「文月さん」

涼水に呼ばれ、自らの考えに耽《ふけ》っていた文月は、はっとして顔を上げた。

父子に負けない程意地っ張りの医者が、悪戯な顔で言った。

「右近様がいなくなると、私も困ります。小太郎様を行かせてしまっては、子供達や御坊様に私が責められる。文月さんが、右近様と話してみては頂けませんか」

「でも、私に務まるでしょうか」

文月は、今まで人と話してこなかった。昨日も、肝心なことは坊様と千吉が言ってくれたのだ。

涼水が、おどけた顰め面をつくった。

「私が話をしたら、勝手にしろと怒鳴りつけてしまいますよ」

文月はちょっと笑ったが、まだ躊躇いがあった。昨日の話は、文月とつきだけが聞いているから、と――坊様と千吉もいたのは、考えの外だったが――打ち明けて貰った、小太郎の胸の裡なのだ。

「小太郎様が右近様に言わなかったことを、私がお伝えしてしまっても、いいのでしょうか」

小さな間を空けて、涼水が文月に訊き返した。

「『言わなかったこと』を、小太郎様は本当はどうしたかったと、文月さんは思いますか」

文月は、思い出してみた。

ここにいたい、右近のようになりたいと言った小太郎の、きらきらとした瞳。

坊様と千吉に背中を押され、右近に話すと決めた、凛々しく大人びた横顔。

今朝、右近の心を変えられなかったと告げた、寂しそうな笑み。

文月は、一度目を閉じてから、ゆっくりと涼水を見た。

「私、やってみます」

文月が涼水に大切な頼み事をされた次の日。

右近と小太郎が「かっぱ塾」を去ることを知らない子供達は、いつもの通り賑やかで、楽し気だった。

経緯を承知だろう御坊様は、昼餉の頃合いにやってきたものの、右近の仕官の話には触れなかった。

右近も小太郎も、いつもの通りに振舞っていた。

それでも、つきが小太郎から離れないのを、子供達は気にしているようで、一生懸命小太郎に話しかけたり、小さなおのぶがつきと遊びたがるのを、さりげなく宥めたりしていた。

夕餉が終わると、涼水が小太郎を、ここを去る前に念のため喘息の様子を診ておきたい、と呼び出してくれた。

小太郎が診療所へ向かうのを待って、文月は右近の部屋を訪ねた。

日頃、掃除に入っても、書物の他は物が少なく、綺麗に片付いていた部屋だったが、なぜか殊更がらんと殺風景に見えた。

右近が目を細めて、閉められた障子の向こう、手習い部屋へ視線を投げかけた。

「子供達が帰ると、ここは静まり返ってしまうな」

名残を惜しむような笑みに、文月の胸は軋《きし》んだ。右近が続ける。

「子供達や坊様が、どれだけここを明るくしてくれているのか、夜になると身に沁みる」

「右近様は、子供がお好きなのですね」

「ああ。子供は好きだ。穏やかで楽しい御坊様方と接するたび、人とはこうあらねばならぬと、知らされる」

「お侍様でも、ですか」

ふふ、と右近が笑った。

「侍にも、変わり者はおるのだよ」

「ではなぜ、仕官をお決めになったんです」

気づいたら、訊いていた。

もう少し、言葉を選んで切り出そうと思っていたのに。

右近が困った顔をした。

「なんだ。別れを惜しみに来てくれたのでは、なかったのか」

文月は、ゆっくりと息を吐き、吸って、右近を見た。

「以前、一度だけ涼水先生が、私のことを身内、と言ってくださいました。聞き間違いかと思う程、嬉しかった。ですから、ご無礼を承知で、今宵は小太郎様の身内のつもりで、お話させてください」

右近は、寂し気に顔を曇らせたが、すぐに頷いてくれた。

「小太郎は、文月を慕っている。そもそも、許婚になれと俺が言ったのだから、正真正銘、立派な身内だ」

文月は少し笑った。右近と出逢った時のことを思い出したのだ。

「あの時は、本当に強引で忙《せわ》しない方だと、呆れました」

「はは、済まぬ」

「でも、右近様のお蔭で、ここへ来ることができた。ここで笑うことや、気遣って貰えること、助けて貰えることのありがたさ、手助けできることの喜びを思い出しました」

右近が静かに、応じた。

「それは、よかった」

「右近様も、お楽しそうでした」

右近は答えない。

「小太郎様も、御父上の楽しそうなご様子を見るのが嬉しいと、おっしゃっていました」

「文月——」

「右近様は」

文月は、右近の言葉をそっと遮った。

「小太郎様の御本心に、気づいていらっしゃいますか」

右近は苦い笑いを口許に刷いた。

「あれは、俺に負い目を感じている。自分の病に、父を縛り付けている、となだから、俺が楽し気だと自分も嬉しい、そんな風に勘違いしているのだ」

「勘違い、ですか」

「ああ」

「やっぱり右近様は、忙しなくていらっしゃる」

「おい、文月」

どういう意味だ、という風に、右近が文月を呼んだ。

お侍様にこんなことを言ったら、いくら気さくな右近様相手でも、只では済まないのかしら。

頭の隅にちらりと過ったが、文月は告げた。

「忙しなく決めつけて、小太郎様の御本心を勘違いなさっているのは、右近様ではないのか、と申し上げました」

驚いたことに、右近は戸惑った顔をした。文月の不躾《ぶしつけ》な物言いに、腹を立てた様子は全くない。

本当に、お人が好いこと。

文月は笑いを堪えた。

そろりと、右近が訊いた。

「小太郎は、文月に何か申したか」

「はい。本当は内緒の話だったのですが、教えて差し上げます」

軽くおどけてみたが、右近は、迷うように視線をさ迷わせたきり何も言わない。

いつもの右近なら、軽口で返すか、豪快に笑い飛ばすところだ。

文月は思い至った。

ああ、この方は、小太郎様の本心を知るのが怖いのだ。

知り合った頃、父は子を気遣い、子は父を慕っている、仲の良い親子だと思った。

だが本当は、互いに負い目を感じていて、互いに遠慮し合っている。それが気遣いと思慕に見えたのだ。

病弱な小太郎が右近に負い目を感じるのは分かるが、右近はどうして。

もしかしたら、そこを解きほぐさないと、右近の決意は動かないのかもしれない。

文月は、思い切って確かめることにした。

「小太郎様の御本心を知りたくない訳は、何ですか」

右近が驚いた顔で文月を見た。それから、ふ、と苦い笑みを零す。

「参ったな」

諦めたように呟き、文月を見た。

「小太郎は、俺を恨んでいるのだよ。母を死なせたのは、俺だとな」

「え――」

訊き返した文月に、右近が向けた笑いが痛々しい。

ふう、と右近は軽い溜息を吐いた。

「妻は、ある大名家に仕える重臣の娘でな。そう、丁度仁杉のような家格で、町場の苦労を知らずに育った女だ。俺も同じ大名家に仕えていた」

*

右近は淡々と打ち明けた。

同輩に裏切られ、足を掬《すく》われた。主家に残ることも出来たが、右近はもううんざりだと思った。

日々の腹の探り合い、足の引っ張り合い。堅苦しい儀礼や人付き合いに縛られる日々。主家の為を思って、何かを変えようとするたびに邪魔が入り、陰口を叩かれる。

右近を陥れたのは、右近が誰よりも信の置ける、友だと思っていた男だった。その男よりも右近が先に出世をしたのを妬んでのことらしいと、噂で聞いた。

だが、そんなことはもう、どうでもよかった。

あれほど尽くした主家は、右近の申し開きに耳を貸さず、右近を責めた。このまま当家に残してやるだけでもありがたいと思え、と言われた。

ならば、いっそ放逐してくれ。

その頼みだけは、あっさりと聞き入れられた。

そうして、右近は自ら主家を離れ、浪々の身となった。

右近は離縁すると言ったのに、妻は右近に付いてきた。

無理に離縁してやらなかったのは、自分の甘えだ。妻のことを思うなら、離縁するべきだった。

町場で暮らすようになってからは、貧しかったけれど、日々が楽しかった。

長屋暮らしの町人と親しく交わり、振り売りから物を買い、役目や主家に縛られず、自分のしたい「仕事」を選ぶ。

右近は、子供達に剣術や学問を教えることにした。手習塾を始めるには元手が要る。まずは、寺や大きな手習塾での雇われ師匠から始めた。暮らしを切り詰めれば、いずれ小さな手習塾くらいは開けるだろう。それまでは、と、羽振りのよさそうな道場へ押しかけ、剣術指南の職を得た。かつての主家で身に着けた、御大層な流派の肩書が役に立ってくれた。妻も針仕事を始めた。その時に世話になったのが、文月の祖母、おくめだ。

だが、銭を稼ぐことは、右近が考える程容易《たやす》くはなかった。

小太郎が生まれてからは、日々の暮らしで精一杯になった。

それでも、右近は町場暮らしが楽しかったのだ。

ある日、妻が倒れた。

心の臓を患ったのだと、医者は右近に告げた。

もっと早く、ここまで酷くなる前に、なぜ医者に診せなかったのか、と。

右近は、悔やんだ。

自分は、町場の水が合ったが、武家の娘として大切に育てられた妻には、辛いことも多かったろう。病も、心労が祟った末のことに違いない。

それなのに、自分は楽しく張りのある日々に夢中になり、妻を顧みなかった。

なぜ、もっと労わってやれなかったのか。もっと、妻を気にかけなかったのか。

――どうか。どうか、小太郎を頼みます。

掠れる声でそれだけ訴え、四歳の息子を残し、妻は息を引き取った。

右近は、動かなくなった妻の手を握りしめながら思い知った。

妻はこう言いたかったのだ。

小太郎にだけは、浪々の身の辛さを味わわせてくれるな、と。

*

「妻の弔いを終えてすぐ、手習塾を辞めた。代わりに、道場の出稽古を何本も引き受けた。小太郎を育てるためには、銭が要る。手習塾よりも道場の方が稼げたからな。用心棒も実入りはよかったが、病がちな小太郎を、夜ひとりにすることもできなかった」

文月は、溜息を堪えた。

「つまり、右近様が、小太郎様の母君様に慣れない無理を強いたから、母君様が亡くなられた。それを小太郎様が恨んでおいでだ。右近様は、そうお思いなのですか。それから、母君様は、小太郎様を浪人にはさせぬよう、右近様に言い遺されたと」

右近は答えなかったが、その通りなのだと、話の流れからも、今の右近の顔つきからも、分かった。

やれやれ、とぼやきそうになり、これでは本当に涼水のようだと、文月はこっそり、自分を笑った。

あんな風に、ゆるぎなく、静かにいられるのであれば、いくらでも似たいとは思うけれど。

「あの」

「何だ」

「それ、違うと思います」

右近が眉を顰《ひそ》めた。

あの、ともう一度繰り返してから、言葉を探す。

「御新造様は、きっと町場でのお暮しを、右近様と同じように、楽しまれていらしたのではないでしょうか」

ふ、と右近が笑った。馬鹿な、と言いたそうだ。

祖母は、と続け掛けて、文月は止めた。敢えて「ばあちゃんは」と言ってみる。

「長屋しか知りません。根っからの貧乏暮らしで、お世辞にも品がいいとは言えない人でした。きっと、お武家様に対する口の利き方も、褒められたものではなかっただろうと思います」

右近が、また笑った。今度は何かを思い出しているような、楽し気な笑みだった。

「確かに、そうだったな」

「御新造様は、ばあちゃんのことを、何と呼んでくださいましたか」

「俺と同じように、おくめさん、と呼んでおったぞ。頼りにしていたし、おくめさんと話している時は、とても楽しそうだった」

「でしたら、やっぱり御新造様も、町場の暮らしが楽しかったんです」

「おい」

「ちゃんとした言葉遣いが苦手なばあちゃんを、御新造様は許して下さった。長屋暮らしが染みついた町人を、おくめさん、と呼んで下さり、頼りにして下さった。そんな方が、町場暮らしを本当に疎んじていたのでしょうか。楽し気な右近様をご覧になってもなお、小太郎様を御浪人様にはしてくれるなと、言い遺されるのでしょうか」

思い出して。

文月は、心から念じた。

思い返すのは、まだおくめが元気だった頃のこと。

おくめは、文月の他に、縫物の弟子が一人増えたと、とても楽しそうに話していた。

——大事な弟子に、ややこが出来たんだよ。ひ孫が出来たみたいで嬉しいねぇ。

おくめは、「弟子」のお産に大層張り切って出かけて行った。元気な男の子が生まれたと、教えてくれた。

あれは、右近と妻、小太郎のことだったのだ。

きっと、おくめと右近の妻との触れ合いは、上辺だけのことではなかった。

文月はそう信じた。

けれど文月は、右近の妻のことを知らない。本当に楽しんでいたのかどうかは、共に過ごした右近にしか、分からない。

だからどうか、思い出して下さい。

右近様の目に映った、御新造様の姿を。

そこからしか、御新造様の真実《ほんとう》は、伝わらない。

長い間考え込んでいた右近の顔が、ふいに柔らかく綻んだ。

遠い目をして、独り言のように語る。

「ああ、そうだった。忘れていたが、確かに里絵《さとえ》は、おくめさんだけでなく、長屋の店子や、振り売り達と楽しそうに話をしていた。魚屋から買った魚が触れないと、大騒ぎをしてな。長屋の女房達に、大笑いされていた。里絵も笑っていた」

御新造様は、里絵様とおっしゃったのね。

文月は、そっと心中で呟いた。

ふ、と右近が息で笑った。

「お前様。お前様とこんな風に寄り添って過ごせるのが、このように幸せだとは、思いもしませんでした。主家を離れることをお許しくださった御殿様に、お礼を申し上げねばなりませんね」

それは、きっと里絵の言葉なのだろう。

右近がぽつりと、続けた。

「どうして、今まで忘れていたのだろうな」

よかった。

ほっとして泣きたくなるのを堪え、文月は切り出した。

ここからが肝心な話だ。

「小太郎様の内緒話、聞いてくださいますか」

右近が、小さく息を呑んだ。また迷い出す前に、告げる。

「小太郎様は、おっしゃいました。今まで通り、ここでお暮しになりたい。右近様のように、武士と町民を隔てることなく、病や怪我を得た人を労わり、子供達に学問を教えたい。右近様のようなお侍様になりたい、と」

右近が、驚いたように文月を見た。

「里絵様は、小太郎様を御浪人様にはしたくないと、願っていたかもしれません。

でも、父上様のようになりたいという小太郎様の願いを壊してでも、仕官の道へ進めと、そんなことをおっしゃる御方だったのでしょうか」

右近は、答えなかった。

右近の考えを遮ってはいけない。文月は、呟いた。

「あ、小太郎様がお戻りになったようです。私は部屋へ戻りますね」

我ながら、下手くそな芝居だ。

やはり、右近からの返事はない。

そっと、右近の部屋を後にした。

騒ぎは、次の日起った。


「花房右近殿はおられるかッ」

殺気だった声が、広い敷地に響き渡ったのは、朝、手習いに子供達が集まり始めた頃合いだ。

ただ事ではない。勝手で朝餉の片付けをしていた文月は、勝手口から南の庭へ顔を出した。

入口で二人の侍が揉み合っている。ひとりは仁杉三郎右衛門、もうひとりは見たことのない侍だ。襷掛《たすきが》けで袖を括《くく》り、木刀を二本携えている侍を、仁杉が押さえている。

「大沢《おおさわ》殿、待たれよ」

「留め立て無用。このまま引き下がっては、某の面目が立たぬ」

「指南役の件は、既に決まったこと」

「河童に剣術を指南しておるような変わり者に指南役を奪われるなぞ、得心できぬわっ」

「河童に剣術を教えているのではなく、町人の子に、読み書きを教えているのです」

「えぇい、どちらでも大差はない」

そんな無茶な。

ともかく、静かにしてもらわなければ。ここには病人がいるし、子供達も集まってきている。

声を掛けようと踏みだした文月の肩に、後ろから大きな手が置かれ、後ろへ引かれた。右近だ。

文月に軽い微笑みを向けてから、前へ出る。

「お静かに。ここは病人も子供もいる」

仁杉が、少しほっとしたように右近を見た。

「右近先生、騒がせて申し訳ない。実は――」

仁杉を遮るように、大沢と呼ばれた侍が喚いた。

「貴殿が、花房右近殿か」

「いかにも」

大沢が、ぶん、と木刀を一本、右近に放って寄こした。右近が左手で受け取る。

「某は、大沢吉之介《きちのすけ》と申す。貴殿に指南役の座を追われることになった者だ」

成り行きを息を詰めて見守っていた文月の傍らに、小さな気配が集まってきた。

金太が小さなおのぶを背負い、子供達が揃っている。小太郎は真っ青な顔をして、父と大沢を見比べている。つきは小太郎の傍らで、真っ白な身体を毬栗《いがぐり》のように膨らませていた。

「姉ちゃん」

千吉が、文月の側へ来て、小さく呼んだ。

「お師匠様、ここ、出てっちゃうの」

さっと、子供達の視線が文月に集まった。

「どうして」

文月の問いに、金太が不安そうな顔で答えた。

「だって、そこのお侍様が、お師匠様に指南役の座を奪われたって。ここのところ、お師匠様も小太郎様も様子がおかしかった。何があっても手習いは続けろとか、来年になったら、こういう書物を読んでみた方がいい、とか、まるで、もういなくなるみたいで――」

小太郎が唇を噛んだ。

涙声で、やんちゃな音松が呟いた。

「お師匠様も、おいらを捨てるの」

文月は、音松を抱きしめた。音松は、寺に捨てられていた子だ。

文月は、一生懸命笑って見せた。

「大丈夫。きっと、大丈夫だから」

こんなのは間違ってる。

誰ひとり望んでいない仕官。幸せになるための別れなら、喜んで送り出すけれど、こんなの、誰も幸せにならない。

右近は、それを分かってくれている。

少し長い間をおいて、右近が大沢に訊ねた。

「大沢殿は、某にどうしろ、と」

「勝負を。勝った方が指南役に就く。いかがか」

仁杉が慌てた様子で割って入った。

「大沢殿、ですからもう、指南役は」

一転、すっかり落ち着きを取り戻した大沢が言い返す。

「剣の腕が立つ者が、指南役の座を得る。至極当たり前のことではないか、仁杉殿。今まで某が指南してまいった者も、某に負けた指南役に教えを乞うことを、よしとはせぬだろう」

「それは」

仁杉が口ごもった。痛いところを突かれたのだろう。

右近が、静かに応じた。

「よかろう」

「ちっともよくありませんよ」

涼水の冷ややかな声が、割って入った。

表土間から庭へ出た涼水は、今までで一番恐ろしくも美しい笑みを湛えていた。

「先刻から、何を騒いでいるのです。ここは診療所と子供のいる手習塾ですよ。誰の許しを得て、木刀を振り回そうと言うのですか」

いち早く、右近が涼水の前へ進み出た。

「涼水殿、すまぬが北の庭、手習い部屋の前を借りられぬか。時は掛からぬ。物も壊さぬ。勿論、『枝垂れの大桜』にも傷はつけぬ。無理であれば、南の往来を少し騒がせるが、許してくれ」

涼水が、飛び切り渋い顔で言い返した。

「向かいは、曹源寺ですよ。寺の前で諍いは困ります。仕方ありません、少しの間であれば、お使いくださいい」

右近と大沢は、木刀を手に構え合った。右近は、「枝垂れの大桜」を背にして立っていた。まるで「枝垂れの大桜」を守っているようだ。

涼水、子供達と文月、そしてどこから聞きつけたのか、坊様達が三人、手習い部屋から二人の試合を見守った。小太郎とつきも一緒だ。小太郎は、硬い顔で父を見つめている。

文月は、手習い部屋へ集まる前に、小太郎から聞かされていた。

やはり右近は、仕官するつもりなのだと。

——父上は、敢えて手加減をなさるような方ではありません。この試合をお受けになったということは、御決心は変わっておられない、ということです。

文月は、込み上げてきた悲しさを、そっと呑み込んだ。

仁杉は、見届け人と称して、右近と大沢から少し離れた庭にいた。

梅雨の晴れ間の青空を、雲が流れていく。

誰も、口を利かない。

大沢が、鵯《ひよどり》のような、高く耳障りな奇声を上げ、右近に打ちかかった。

右近は動かない。

大沢の木刀が、右近の頭に振り下ろされる。

次の刹那、大沢が木刀を取り落として、蹲った。

右近が流れるように右へ避け、大沢の手首を木刀で打ったのだと分かるまで、時が掛かった。

「お師匠様が勝った」

「小太郎様、お師匠様、勝ったよっ」

大喜びの子供達だったが、ねぇ、と音松が悲し気に呟いた。

「勝っちゃったら、お師匠様、いなくなっちゃうの」

仁杉が、勝ち誇った顔で大沢を見下ろしている。

「これで得心なされたか、大沢殿」

蹲ったままの大沢の手首を、涼水が庭へ降りて行って、診ている。

これで、本当に右近、小太郎とはお別れなのだろうか。

文月は、信じられない思いで、右近を見た。

右近が、明るい笑みを湛え、音松に近づいて来る。

半べその音松の頭をそっと撫で、右近は言った。

「俺は、どこにも行かぬよ」

それから仁杉へ向き直り、晴れやかな声で告げた。

「三郎右衛門。申し訳ないが、仕官の話はなかったことにしてくれ。俺の居場所は、ここより他にないようだ」

わっと、子供達の歓声が上がった。

小太郎は、つきを抱き締め、泣いていた。


指南役を賭けた試合の後、右近は忙しく動いた。

右近を指南役に据えようとした仁杉の面目が立つよう、奔走していたようだ。

大沢は、右近に負けた上は指南役を辞すと申し出たが、師と慕う人々に引き止められ、引き続き指南役を務めることになったと、右近が教えてくれた。

「かっぱ塾」に、賑やかな平穏が戻ってきた。

夜明け、文月が北の庭の掃除をしているところへ、右近がやってきた。箒《ほうき》を手に、なれた手つきで文月を手伝いながら、言った。

「詰まるところ、俺は心地よいこの場所へ、逃げ込んだだけなのかもしれんな。主家から離れた時のように、煩わしいだけの仕官の道から」

文月と右近が使う箒の乾いた音が、朝の庭に小さく響く。

そよ風が、「枝垂れの大桜」の枝を揺らしている。

文月は、言った。

「逃げ込んだって、いいではありませんか。逃げ込める場所が、ちゃんとあるんですから、使わせて頂かない手はありません」

少し間を空けて、しみじみと右近が呟いた。

「元々、肝が据わった娘だと思っていたが。文月、お主、図太くなったぞ」

文月は、笑った。

「私も逃げ込んでいる口ですから、図太くなっても、ここを失くすわけにはいかないんです。前の長屋の人達、外の人達とは、ここの皆さんに対するように笑ったり話したり、きっとできない」

そうか、と右近が静かに応じた。

文月は、掃除の手を止めて、話を変えた。

「私、ここで何度か、河童の子を見たことがあるんです」

右近が、戸惑った顔で文月を見た。文月はちょっと笑って続けた。

「きっと、河童の子達にも、辛い時、寂しい時、泣きたい時があるのだと思います。そんな時に、ここへやって来るのかもしれない。『かっぱ診療所』には河童が傷を癒しに来るって噂、案外本当かもしれませんよ。心の痛みも、立派な傷ですから」

右近は、ただ黙って、文月の言葉に耳を傾けてくれている。

「逃げ込ませて貰っている以上、しっかり守って行かなければ、と思っています。ここへ通ってくる子供達と、河童、診療所の患者さん達。みんなが安心して逃げ込める場所を」

「そうだな」

頷いた右近は、真摯《しんし》な目をしていた。自分の思いを受け取って貰えた気がして、文月は照れ臭くも、嬉しかった。

ふ、と右近の視線が、文月からその後ろの「枝垂れの大桜」の方へ向けられた。

「おや、もう子供達が来たのか。見ぬ顔だが」

くすくす、きゃっ、きゃっ。

幼い子供の笑い声が、聞こえた。

文月は、急いで右近に囁きかけた。

「見ちゃ、駄目です」

「何」

「きっと河童の子です。人間に気づかれたら、逃げてしまいます」

それでも、あっけに取られた顔で、右近は「枝垂れの大桜」の辺りを見つめている。

「右近様。見ない振りをしてください」

「そ、そうか」

ようやく、へどもどと右近が応じた。

互いに、少しぎこちない動きで再び庭掃除を始めた。

可愛らしい笑い声が、聞こえている。

右近が、小さく笑った。

気持ちのいい風が吹いた。

後で「枝垂れの大桜」の下に、一番立派なきゅうりを、置いてあげよう。

本作品は書き下ろしです。

実業之日本社文庫　最新刊

実業之日本社文庫　最新刊

仁木英之
鉄舟の剣　幕末三舟青雲録

天下の剣が時代を切り拓く——〈幕末の三舟〉と呼ばれた、山岡鉄舟、勝海舟、高橋泥舟の若き日の熱き闘いを描く時代エンターテイメント。（解説・末國善己）

に61

西澤保彦
帰ってきた腕貫探偵

腕貫探偵の前に、先日亡くなったという女性作家の霊が。だがその作家は50年前に亡くなっているはずで——。人気痛快ミステリ再び！（解説・赤木かん子）

に29

葉月奏太
人妻合宿免許

独身中年・吉岡大吉は、配属変更で運転免許が必要になり合宿免許へ。色白の未亡人、セクシー美人教官、黒髪の人妻と…。心温まるほっこり官能！

は68

花房観音
好色入道

京都の「闇」を探ろうと、元女子アナウンサーが怪僧・秀建に接近するが、秘密の館で身も心も裸にされてしまい——。痛快エンタメ長編！（解説・中村淳彦）

は25

アンソロジー　初恋
アミの会（仮）
大崎 梢／篠田真由美／柴田よしき／永嶋恵美／新津きよみ／福田和代／松村比呂美／光原百合／矢崎存美

短編の名手9人が豪華競作！　年齢や経験を重ねていても「はじめて」の恋はあって——おとなのための切なくて、ちょっとノスタルジックな初恋ストーリー。

ん81

実業之日本社文庫　好評既刊

中村彰彦
完本　保科肥後守お耳帖
徳川幕府の危機を救った名宰相にして会津藩祖・保科肥後守正之。難事件の解決や温情ある名裁きなど、名君の人となりを活写する。（解説・岡田 徹）
な11

中村彰彦
真田三代風雲録（上）
真田幸隆、昌幸、幸村。小よく大を制し、戦国の世に最も輝きを放った真田一族の興亡を歴史小説の第一人者が描く、傑作大河巨編！
な12

中村彰彦
真田三代風雲録（下）
大坂冬の陣・夏の陣で「日本一の兵（つわもの）」と讃えられた真田幸村の壮絶なる生きざま！　真田一族の興亡を描く巨編、完結！（解説・山内昌之）
な13

葉室 麟
刀伊入寇　藤原隆家の闘い
戦う光源氏——日本国存亡の秋、真の英雄現わる！『蜩ノ記』の直木賞作家が、実在した貴族を描く絢爛たる平安エンターテインメント！（解説・縄田一男）
は51

葉室 麟
草雲雀
ひとはひとりでは生きていけませぬ——愛する者のために剣を抜いた男の運命は!?　名手が遺した感涙の時代エンターテインメント！（解説・島内景二）
は52

実業之日本社文庫　好評既刊

幡 大介
幕末愚連隊 叛逆の戊辰戦争
幕末の大失業時代、戦いに飛び込んだ男たち。下野、会津、越後、信濃と戦場を巡る、激闘の日々。戊辰戦争の真実とは。渾身の歴史長編！（解説・細谷正充）
は101

火坂雅志
上杉かぶき衆
前田慶次郎、水原親憲ら、直江兼続とともに上杉景勝を盛り立てた戦国の「もののふ」の生き様を描く「天地人」外伝、待望の文庫化！（解説・末國善己）
ひ31

藤沢周平
初つばめ 「松平定知の藤沢周平をよむ」選
「チャンネル銀河」の人気番組が選ぶ、藤沢周平の市井物を10編収録したオリジナル短編集。作品の舞台を巡る散歩マップつき。（解説・松平定知）
ふ21

池波正太郎、隆慶一郎ほか／末國善己編
軍師の生きざま
直江兼続、山本勘助、石田三成…群雄割拠の戦国乱世を、知略をもって支えた策士たちの戦いと矜持！ 名手10人による傑作アンソロジー。

ん21

司馬遼太郎、松本清張ほか／末國善己編
軍師の死にざま
竹中半兵衛、黒田官兵衛、真田幸村…戦国大名を支えた名参謀を主人公にした傑作の精華を集めた、11人の作家による短編の豪華競演！

ん22

実業之日本社文庫　好評既刊

司馬遼太郎、松本清張ほか／末國善己編
決戦！　大坂の陣
大坂の陣400年！　大坂城を舞台にした傑作歴史・時代小説を結集。安部龍太郎、小松左京、山田風太郎など著名作家陣の超豪華作品集。
ん24

火坂雅志、松本清張ほか／末國善己編
決闘！　関ヶ原
徳川家康没後400年記念 特別編集。天下分け目の大決戦！　火坂雅志、松本清張ほか超豪華作家陣が描く傑作歴史・時代小説集。
ん26

池波正太郎・森村誠一 ほか／末國善己編
血闘！　新選組
江戸・試衛館時代から池田屋騒動など激闘の壬生時代、箱館戦争、生き残った隊士のその後まで「誠」を背負った男たちの生きざま！　傑作歴史・時代小説集。
ん27

安部龍太郎、隆慶一郎ほか／末國善己編
龍馬の生きざま
京の近江屋で暗殺された坂本龍馬。妻・お龍、姉・乙女、暗殺犯・今井信郎、人斬り以蔵らが見た真実の姿。龍馬の生涯に新たな光を当てた歴史・時代作品集。
ん28

浅田次郎、火坂雅志ほか／末國善己編
動乱！　江戸城
泰平の世と言われた江戸250年。宿命を背負って困難と立ちむかった人々の生きざまを、浅田次郎、火坂雅志ほか豪華作家陣が描く傑作歴史・時代小説集。
ん29

実業之日本社文庫 た92

かっぱ先生《せんせい》ないしょ話《ばなし》 お江戸《えど》手習塾控帳《てならいじゅくひかえちょう》

2019年12月15日　初版第1刷発行

著　者　田牧大和《たまきやまと》

発行者　岩野裕一
発行所　株式会社実業之日本社
〒107-0062　東京都港区南青山5-4-30
CoSTUME NATIONAL Aoyama Complex 2F
電話［編集］03(6809)0473［販売］03(6809)0495
ホームページ　https://www.j-n.co.jp/
DTP　ラッシュ
印刷所　大日本印刷株式会社
製本所　大日本印刷株式会社

フォーマットデザイン　鈴木正道（Suzuki Design）

ISBN978-4-408-55553-9（第二文芸）